KB057997

「나는 오늘도 책 모임에 간다」

북클럽 운영자의
기쁨과 슬픔

나는 오늘도

책 모임에 간다

김민영 지음

북바이북

나는 오늘도 책 모임에 간다. 15년쯤 책 모임을 했다. 취미로 시작한 일이 업이 됐다. 책 이야기를 듣고 싶어 시작했지만 공감받고 싶은 마음이 더 커져갔다. 날 모르는 이의 한마디가 더 위로될 때가 있듯, 책 모임에서 생각지 못한 격려를 받았다. 그 힘으로 다음 모임을 만들었다. 책은 사람과 사람을 잇는 신비한 끈이었다.

주로 운영자였던 난 책을 고르기 위해 도서관, 서점, 헌책방을 다녔다. 추천한 책이 좋은 반응을 얻으면, 내 인생까지 칭찬받은 기분에 사로잡혀 또 모임을 만들었다. 인생 책 『달과 6펜스』(서머싯 몸, 민음사, 2000)는 100회 이상 토론했지만 여전히 새로운 이야기가 나오는 판도라의 상자다. 이런 책이 1,000권, 1만 권쯤 있다면 모임을 더 만들 자신이 있다.

강의와 집필, 책 모임을 즐기는 나의 멀티태스킹 습관은 출판 기자 시절부터 길러진 것이다. 자랑할 일만은 아니다. "책 읽을 시간이 부족해서 일을 그만두겠다"라고 잡지사 문예춘추를 나왔던 작가 다치바나 다카시처럼, 내게 기자 란 깊이를 만들기 힘든 자리였다. 그 콤플렉스를 극복하려 고 책 모임을 시작했는지 모른다. 책 모임은 마감과 정독 의 압박이 있는 독서 활동이다. 다른 사람과 이야기를 나 누기 위해 난 책을 다시 보고, 깊이 읽어야 했다.

출판 기자 생활 후 학습 공동체에 합류한 날 보고 사람 들은 걱정했다. "돈 안 되는 책으로 밥벌이가 되겠니." "비 전공에 재능도 없는데 작가로 먹고살기 어렵지 않을까?" 좋아하는 일을 하며 살 수만 있다면 버틸 수 있다고 다짐 하던 날들이었다. 난 젊고 강했다. 그럼에도 마음 한편 도 사린 불안은 어쩔 수 없는 벽이었다. 책도 안 읽는 세상에 서 책 읽는 사람들을 모아 뭘 해보겠다는 야심이라니. 난 꽤 긍정적인 편이었는데, 생각해보니 루쉰이 『아Q정전』에 서 말한 "반성 없이 모든 걸 합리화하면서 스스로 만족해하는" 정신승리법에 길들여진 인간이었다. 빨리 읽고, 빨리 써야 하는 기자 일 때문이었는지, 부족한 품성 때문이었는지 그런 사람이 되어가고 있었다. 브레이크가 필요했다.

책 모임은 느리고 깊은 사람들을 만날 수 있는 자리였다. 읽고, 생각하고, 표현하고, 행동하는 사람이 될 기회였다. 난 책 모임을 통해 잘 버티는 선수가 됐고, 이 책은 그 선수가 발로 뛴 책 모임이라는 필드 이야기다.

시야가 넓어졌다, 생각이 정리된다, 편견이 줄어들었다는 소감을 들을 때 좁은 세계에 빠져 허우적대던 시절을 떠올린다. 난 쉽게 소심해졌고, 열등감에 빠졌다. 바람만 불어도 사라질 생각에 빠져 사람들을 가르치려 했다. 나와 다른 의견이 나와도 긴장했다. 책 모임을 하면서 난 조금씩 달라졌다. 귀가 열리고, 눈이 뜨였다. 나는 이제 다른 의견을 기다린다.

책 모임에 처음 나온 사람들은 말한다. "내 생각을 말해도 비난받지 않으니 좋아요." 언쟁이 난무하는 TV 토론을 기억하던 사람들은 토론이 두려웠다고 했다. 한 참여자는 "토론하고 마음이 편한 적은 처음"이라고 말했다.

나는 말 잘해야 한다는 부담 없는 책 모임을 꿈꾼다. 책과 친해지려는 꿈나무(독서 초보자)들이 오는 모임도 좋다. 언젠가 책의 자리를 지킬 파수꾼이 된 그들을 상상하면 뭉클하다.

호불호 심한 내가 분야를 가리지 않고 읽다니 책 모임 덕분이다. 편식이 줄고, 호기심이 커지니 세상 보는 시각도 달라졌다. 골방에 갇혀 살던 책벌레가 곳곳을 누비며 책으로 여행한다. 사람을 쉽게 사귀지 못해 소외감에 시달리던 내가 수많은 책 친구들과 우정을 쌓았다. 인생신문이 있다면 단연 1면 톱기삿감이다.

나는 한때 우월감이란 주스를 홀짝거리며 사람을 가렸다. 사람도 유기농이나 무농약 그룹이 있지 않을까 하는 환상에 빠지길 자처했다. 내 우정과 사랑은 길지 않았고, 책을 읽지 않는 사람은 멀리하는 결벽증까지 앓았다. 그 증세가 호전되어 다행이다. 책 안 읽고 모임에 나오는 사람들을 미워하던 때, 내 가슴은 분노로 들끓었다. 책을 좋아한다면서 어떻게 안 읽고 올 수 있지? 몇 달 전에 공지된 책을? 눈치를 줬다. 난 독선에 빠진 독서광이었다. 모임을 하며 깨달았다. 책 모임의 중심은 책이 아니라 사람이라는 것을. 혼자 읽을 수 있는 책을, 함께 읽으려는 사람들의 '마음'이 주인임을. 책을 잘 읽는 것도 중요하지만, 잘 듣고 헤아리는 마음부터 키워야 한다는 사실을.

사회는 물질과 지위로 빈부를 나누지만, 난 정서적 박탈감 또한 빈부의 기준이라 믿는 정서주의자다. 정서적으로 공감받지 못한 사람들의 고통은 쉽게 드러나지 않는다. 가까스로 마음을 드러내도 공감받기 어렵다. 그 굳은 마음이 신기하게도 책 모임에선 말랑해졌다. 젤리처럼 부드러워진 마음을 나누며 우린 스스로와 화해했다. 자존감을 되찾는 사람들을 볼 때마다 모임을 더 만들고 싶어졌다.

지그문트 바우만은 에세이 『이것은 일기가 아니다』(자음과모음, 2013)에서 자신을 '글쓰기광'이라 했는데 난 '책 모임광'이 아닐까. 책을 읽어도 모임을 하지 않으면 허전하니 말이다. 지금도 "이 책 함께 읽으실 분!"이라는 글을 올리고 싶다. 체력이 되는 날까지 책 모임에 나가고 싶다.

이 책은 어느 해 책 모임에 대한 기록이자, 나의 성장기다. 사람들의 목소리와 그 소리를 듣는 운영자의 마음을 담으려 했다. 책 읽는 세상을 꿈꾸며 달려온 한 독서광의 삶을 기록했다.

이런 상상도 한다. 죽음을 앞둔 시기가 되었을 때, 가장

하고 싶은 말은 '나와 책을 읽어준 분들께 감사합니다'일
거라고. 집필 과정에 도움을 준 은아 님, 수민 님, 민석 님,
편집자 도은숙 님, 그리고 언제나 버팀목이 되어주는 남편
김태완에게 감사의 마음을 보내며 이야기를 시작한다.

차 례

1장 : 내가 사랑하는 책 모임의 벗들

4장 : 다시 시작하고 싶은 책 모임

5장 : 누군가 함께 이 책을 읽고 있다는 사실만으로도

1장

....

내가 사랑하는
책 모임의 벗들

다른 책도
함께 읽자는 약속

한 해의 첫 책 모임이다. 내가 고른 책 로맹 가리 『새벽의 약속』(문학과지성사, 2007)으로 토론하는 날, 긴장과 설렘이 꿈틀거린다. 좋아하는 작가 책으로 모임을 할 때면 시작 전부터 자신감이 떨어지기도 한다. '저랑은 안 맞았어요' 이런 사람이 많으면 어쩌지. 마음을 다잡는다. '어쨌거나 내 추천으로 로맹 가리란 작가를 만났잖아요!' 이런 배짱을 키워야 한다.

로맹 가리는 인생에서 꼭 한 번 만나야 할 문학의 블랙홀이다. 죽은 후 알면 땅을 치고 후회할 작가랄까. 소설집 『새들은 페루에 가서 죽다』, '에밀 아자르'란 이명異名으로 쓴 『자기 앞의 생』의 작가 로맹 가리. 공쿠르 상을 두 번이나 받은 그는 폭풍 같은 삶을 살다 권총 자살로 생을 마감했다. 자전적 소설 『새벽의 약속』은 작가의 험난한 성장 과정이 해일처럼 역동적으로 기록된 작품이다. 작가의 성장을 담은 다큐멘터리이자 회고집처럼 읽힌다.

취향이 다른 사람들이 함께하는 자리라 기대했다. 두근대는 마음으로 모임 문을 열었다. 역시 반응의 결이 달랐다. 책에 쉽게 감화되는 미온 님은 오늘도 먼저 이야기를 꺼냈다.

"작가의 내면이 너무 구체적으로 나와 읽기가 힘들었어요. 저는 작가와 반대로 어머니 말씀을 거의 듣지 않고 살았지만 이렇게 산다면 숨이나 제대로 쉴 수 있을까요. 집착처럼 보이는 모자 관계를 보니 미저리가 생각나요."

로맹 가리의 삶이 그녀의 심장 곳곳을 건드린 모양이다.

초코볼처럼 까만 동공을 깜빡이던 명랑 님은 미온 님과는 또 다른 반응을 보인다. 로맹 가리의 팬이었다는 그녀는 "제가 어쩌다 이 책을 놓쳤죠?"라며 아쉬워한다. 오늘만을 기다렸다며, 그의 소설을 모두 읽었지만 이런 자전적 이야기는 처음이라며 감격한다. 작가에게 연민을 느껴 더 사랑하게 됐다는 명랑 님은 평소 나와 취향이 꽤 비슷한 회원이다. 이럴 때면 자연히 나와 같은 감흥을 느끼는 회원에게 마음이 기울게 마련이지만, 애써 침착하려 노력한다. 한 작품이 모두에게 같은 의미로 다가갈 수는 없으니까. 누군가에게는 인생 책으로 기억되는 작품이 다른 이에게는 읽기에 괴로운 이야기로 남을 수 있다. 한 회원에게 편향된 마음을 노골적으로 보이면 다른 의견을 지닌 이가 자유롭게 말하기 어려워질 수도 있으니까. 책 모임을 하며 나는 균형을 연습하는 중이다.

다행히 나, 미온 님, 명랑 님은 오랫동안 함께 책 모임을 해온 사람들이고, 내가 덜 긴장해도 괜찮은 이들이었다. 더욱이 셋만 함께하는 단출한 모임이라 더 뜻깊은 시간이었다. 사람이 너무 많으면 흘려듣는 말이 있어 아쉬울 때가 있으니, 작은 모임 나름의 매력도 있다.

두 사람 모두 이 책 모임이 아니었다면 모르고 지나갔을 책이라고 말해주어 뿌듯했다. 왜 이 책을 추천했는지 알 것 같다는 한두 마디를 들으면 심장에 보글보글 기포가 올라오는 것 같다. 마치 나란 존재가 환대받는 듯한 느낌이 든다고 해야 할까. 역시나 칭찬엔 약한 채로 살고 있는 인생이다.

모임이 마무리될 즈음 우린 어머니와의 약속에서 헤어
나오지 못한 로맹 가리에 대한 연민을 토로하며, 작가의
다른 책도 함께 읽자는 약속까지 했다. 로맹 가리가 어머
니와의 약속에서 벗어나지 못할 듯한 느낌에 휩싸였듯, 우
리 역시 그의 책을 읽자는 약속에 기꺼이 구속될 것 같다.

—— 새벽의 그 더듬대는 시간에 내 어머니는 너무도 솜
씨 있게, 너무도 많은 아름다운 이야기들을 내게 해주었
고, 우리는 너무도 많은 약속을 하였으며, 거기서 헤어 나
오지 못할 것 같은 느낌이었다(334쪽).

모임의 뿌리를
심는 사람들

이날의 독서 모임은 다소 건조한 강의실에서 열렸다. 카페로 할까, 식당으로 할까 고민하다 집중력을 높이기 위해 강의실을 택했다. 서평까지 나누고 첨삭해야 하는 강의형 모임이었다.

어떤 일이든 그렇겠지만 책 모임에서 장소는 생각보다 중요하다. 카페는 편안하고 자유로운 반면 주변 소음에 집중도가 떨어진다. 조용한 강의실은 진행자나 회원들의 발언에 집중력을 높여주기는 하지만 경직된 분위기가 되기 쉽다는 아쉬움이 있다. 따라서 진행자인 난 강의실에서 참가자들이 덜 긴장하도록 소소한 위트나 이벤트라도 준비해야 하는데 토론에 집중하다 보면 잊고 만다. 가끔은 회원 중 한 명이 "시장에서 산 맛있는 빵 가져가요"라고 분위기를 띄운다. 긴장하던 회원들도 신나게 호응한다. 강의실 모임이라도 이런 날은 분위기가 꽤 유연해진다.

이번에 고른 책은 유시민의 『청춘의 독서』(웅진지식하우스, 2018)였다. 유시민 책 중 덜 알려졌다는 생각에 함께 읽자고 했다. 역시 안 읽은 사람이 많았다. 온 우주가 날 돕는 기분! 오래전에 읽어 기억 안 난다는 진희 님이 먼저 소감을 말했다.

"내용은 잘 생각 안 나지만 감탄했어요. 너무 잘 쓴 서평집이었어요. 좌절했죠. 그길로 글쓰기 접을 뻔했잖아요. 서평 쓰기가 웬 말이냐. 잘 쓴 서평 읽고나 죽자!"

웃음이 터졌다. 잘 쓴 작가들 앞에서 수시로 드는 유혹 아닌가. 쓰기는 접자, 이번 생에선 읽기만이라도 하자. 역시 진희 님다운 솔직한 소감. 사실 진희 님 역시 나처럼 또다른 책 모임의 진행자이기도 하다. 그녀가 이끄는 모임은 치열하면서도 재미있다. 진희 님의 기질이 그대로 반영된 그 책 모임은 인기가 많다. 난 그녀의 위트를 좋아한다. 오늘은 또 어떤 말로 웃음을 줄까 기대하게 된다. 그녀는 자기 검열이 적고, 솔직하다. 홀로 100편의 서평을 쓴 그녀는 자기에겐 엄격하지만 다른 사람에겐 너그럽다.

『청춘의 독서』를 읽은 회원들의 반응은 다양했다. 의견을 좀 더 편안하게 말할 수 있도록 책 별점을 매기는데 1~5점 사이에서 점수를 주는 것이다. 결과는 4점대에서 5점대로 호평이었다. 대부분 만점을 준 것이다. 놓칠 뻔했다는 안도, 책에 실린 작품들을 다시 보겠다는 결의, 느리게 읽더라도 깊이 읽고 싶다는 소망, 정답이 아닌 나만의 관점으로 읽어야겠다는 반성이 교차했다.

그중 50대 후반부터 글쓰기를 시작한 일한 님의 소감이 인상적이었다.

"서평을 한 도서들이 읽었다는 착각을 줄 만큼 알려진 목록이지만 개성 있는 시각과 풍부한 지식으로 새로운 해석을 보여주었어요."

자주 진지해지는 일한 님은 남은 생만큼은 자기를 위한 삶을 살겠다고 선언한 후 독서와 글쓰기에 매진하고 있다. 은퇴 후에도 돈의 노예처럼 사는 친구들을 보면 자신만 철이 덜 든 것처럼 보이지만, 좋아하는 책을 읽을 때만큼 행복한 순간이 없기에 이 즐거움만큼은 빼앗기기 싫단다. 꿈을 지지해준 아내에게 고맙기도 하지만, 사소한 일로 아직도 부딪쳐 수행을 더 해야겠다며 머쓱하게 웃는 중년의 일한 님. 회원들이 『청춘의 독서』가 중장년에게도 권할 만한 책이라고 하자, 일한 님은 각자의 '청춘의 독서'를 만들어보자며 유시민이 읽은 책으로 독서 모임을 꾸려도 좋겠다는 생각도 보탰다.

마치 저자와 토론하는 듯한 느낌으로 책을 읽었다는 희수 님은 "『죄와 벌』을 읽으며 꼭 나누고 싶었던 이야기가 있었는데 이제 정리가 됐다"라고 했다. 말수 적던 희수 님의 짧은 고백에서 감정의 잔물결을 느꼈다. 희수 님이 책을 통해 유시민과 나누었던 '도스토옙스키의 정의론'은 나의 과오를 겨냥하는 화살이기도 했다. 유시민의 '선한 목적이 악한 수단을 정당화할 수 있는가'라는 질문은 누구나 한 번쯤은 깊이 생각해야 하는 문제 아닐까. 전당포 노파에 관한 부정적인 이야기를 듣고 살인을 저지른 『죄와 벌』의 주인공 라스콜리니코프의 행동을 어떻게 판단해야 할지에 관한 물음이었고, 이 책에서 유시민은 선한 수단만이 선한 목적을 완성할 수 있다고 말한다. 진지하게 자신을 돌아보게 되었다. 가르치는 일, 진행하는 자리에 앉아 정의와 불평등을 이야기하며 누군가를 착취하고 합리화하며 살고 있진 않은지 말이다.

어떻게 살 것인가. 풀기 어려운 숙제를 남기는 고전 문학은 읽고 토론해야 할 물음표가 되곤 한다.

책 모임은 좀처럼 끝나지 않았다. 몇 명이 남아 유시민이 책에서 추천한 책을 읽는 모임을 만들자는 의견을 모았다. 하나의 책 모임은 열 모임의 뿌리가 된다. 난 책 뿌리를 심는 사람으로 살고 싶다.

책 모임의
주인공

"우리 독서 토론 같이 할래요?"

회사 대표가 말을 걸어왔다면? 병가나 사직서를 내고
싶을지 모른다. 복통이 밀려들 수도 있다. 상상이 아니다.
(주)능률교육 직원들에게 일어난 실화다. 황도순 전 대표는
직원과 독서 토론을 한 활동가였다. '함께 가치를 만들어
가는 회사'를 꿈꾸던 그는 팀장의 권유로 책의 세계에 빠
졌다. 술, 골프 모임 자리에 들어온 책의 자리는 날로 커졌
다. 경제경영서에 갇혀 있던 중년의 그는 문학에 눈을 떴
다. 작가 성석제의 장편소설 『투명인간』 토론에선 투명인
간으로 살 수밖에 없었던 아니, 살기를 자처한 주인공 만

수를 보고 울먹이기까지 했다.

책에 빠진 황 대표는 친구, 가족, 동료 들에게 "함께 읽자"라고 권하는 불편한(?) 남자가 됐다. 대부분 책 모임을 하자는 그의 말에 정색했다. 하지만 그 열정을 막을 이는 없었다. 나도 그를 도왔다.

나와 동료들이 쓴 『이젠, 함께 읽기다』(북바이북, 2014)를 능률교육에서 토론하는 날. 20, 30대 직원들이 모였다니 좀 떨렸다. 대표가 권한 교육이니 얼마나 하기 싫을까?

예상 밖의 결과였다. 호평이 이어졌다.

"생각보다 재미있어서 두 시간 만에 다 읽었다."

"현장에서 직원들과 읽고 토론하고 싶다."

평가를 의식해서 하는 말이 아닐까? 반신반의하며 진행에 집중했다. 놀랄 만한 발언이 나왔다. 잠시 후 "한 번도 생각해보지 않았는데 가족 독서 토론도 해보고 싶어졌다"라는 반응까지 등장했다. 그 발언의 주인공은 20대 멋진 장경 님이었다. '저런 청년을 책 모임에 데려가면 회원이 급증할 텐데'란 생각을 억누르고 가까스로 모임을 진행했다.

장경 님은 대학 시절 실패한 학습 모임에 관한 이야기를 꺼냈다.

"자유로운 형식으로 하다 보니 늘 선점하는 사람이 있었는데 이 책을 읽고 나니 진행자와 논제가 필요했구나 싶어요."

다행히 부모님 모두 책을 좋아하니 여동생만 설득하면 될 것 같다며 그는 수줍게 웃었다. 요즘 보기 드문 청년임이 확실했다. 책을 읽은 지는 얼마 되지 않았지만, 늘 관심이 있었다는 장경 님 곁에는 읽은 책 내용을 정리해 온 노트, 중요한 페이지에 붙일 포스트잇이 놓여 있었다. "독서 토론은 다른 사람의 의견과 가치관을 공유하고, 책을 더 객관적으로 읽는 활동이다"라는 부분에 밑줄을 그었다며 늘 부족하다고 느끼는 객관적 읽기를 연습하기 위해 함께 읽고 싶다고 했다. 조직에 이제 막 발을 들인 20대이지만 그는 성숙한 태도로 자신의 자리를 지키고 있었다. 어떻게 살아온 사람일까 장경 님의 이야기가 궁금해졌다.

책 모임은 결국 책보다 사람이 중심이니 마지막엔 사람이 궁금해질 때가 많다. 어떤 삶을 살았기에 같은 내용을 읽고 저런 생각을 할까? 아니 저 사람이 이렇게까지 솔직한 성격이었단 말이야? 이런, 생각보다 어두운 구석이 많은 사람이었구나! 이러한 생각은 나에 대한 사색으로 이어진다. 타인은 나를 비추는 거울이다.

　장경 님과 마주하니 나의 과거가 떠올랐다. 돌아보면 나의 직장 생활은 적막하고, 고독했다. 오직 성과와 결과만을 위해 달리는 레일 위에서 소진되고 있었다. 여의도 증권 회사 시절, 나라는 존재가 아닌 오직 성과로만 평가받는 정글에서 피폐해졌다. 모임에 다녀오며 그런 생각을 했다. 사장이 권해서 하는 모임이라도, 동료들과 책 이야기를 할 자리가 있었다면 나 같은 인간도 그 정글에서 그럭저럭 버틸 수 있지 않았을까? 책 이야기를 할 수 있는 곳이 정글일 리 없고, 정해진 시간의 출퇴근이 매우 어려운 난 프리랜서형 인간이지만.

그 책의 표지를
볼 때마다

오랜 시간 책 모임에 나간 나를 보며 사람들은 대단하다고
하지만, 어떤 결핍이 자신을 움직이게 했냐고 묻는 이도
있었다.

"힘든 순간도 많았을 텐데…… 혹시 결핍이 민영 님을
버티게 한 건 아닐까요?"

맞다. 수많은 결핍으로 가득한 구멍 많은 인생이었다. 내
게 절실했던 것은 소통이었다. 서로의 관심사만 나누어도
대화가 지속되는, 일방적인 하소연이 아닌 양방향의 눈맞
춤을 갈망했다. 스마트폰에 눈길을 뺏기는 상대의 시선을
애써 견디지 않아도 되는 관계. 내가 꿈꾸는 작은 소통이

었다. 신기하게도 책 모임 밖에선 그리 어렵던 소통이 안에선 어렵지 않게 완성됐다.

고민도 있었다. 참석 못 한 이들에 대한 안타까움이었다. 저마다의 사정으로 나오지 못한 사람들의 한탄을 들을 때면 답답해졌다. 책 모임광인 나라면 앓아누울지 모른다.

2015년부터 시작한 온라인 책 모임은 그렇게 문을 열었다. 전국 어디에 살든, 무슨 일을 하든 스마트폰만 있으면 함께 책 이야기를 나눌 수 있는 신개념 책 모임이다. 예정된 시간에, 메신저 단체 대화방에 모여 책에 대한 생각을 나누는 소셜 북클럽이다. 언택트 모임인 셈이다. 두세 명부터 수십 명 토론까지, 구성과 기획에 따라 여러 형태로 운영할 수 있고 토론이 끝난 뒤에도 참여자들의 후기를 다시 볼 수 있어 소외되는 사람이 적다는 장점이 있다.

인경 님과 나도 이진경의 『삶을 위한 철학수업』(문학동네, 2013)으로 밤 10시, 단체 대화방에서 만났다. 우리가 속한 방의 인원은 여섯 명이지만 참여자는 나와 인경 님뿐이었다. 원영 님도 일독을 마친 일원이기는 했으나 참여하지는 않았다. 이 책이 자기 방식을 강요하는 듯한 인상을 받아 불편했다는 솔직한 소감을 말했다. 책도 취향을 많이 타는 분야라 당연히 존중받아야 하니, 침묵의 자유도 있다.

그렇게 나와 인경 님 두 사람이 이야기를 시작했다. 5점 만점에 4.2점과 4.0점을 주며 우린 호감을 드러냈다. 우리의 토론 주제는 인생에서 겪는 '사건'에 대한 저자의 정의, 자기 긍정과 두 번째 긍정과 같은 지점이었다. 이진경은 말한다. 자신이 하고자 하는 것을 긍정하는 것이 첫 번째 긍정이며, 그로 인해 야기되는 결과까지 긍정하는 것이 두 번째 긍정이라고.

특별한 상황이 아니면 "저도 그렇게 하겠습니다"라고 말하던 인경 님은 자신의 무비판적 긍정을 뒤늦게 후회한다고 했다.

"내 주변의 사람들이 평범해서인지 남들 사는 것만큼 살면 된다고 생각하고, 조금 벗어나면 저도 노력하겠다고 말하는 태도라도 보이는 게 인생에 대한 예의라고 생각했죠."

30대 중반의 인경 님은 자신의 생각이나 표현을 억누르며 살아온 까닭이 선택이 아닌 강요에 의한 것이었다고 했다. 책임감이 강한 그녀에게 무책임하거나, 이기적인 행동을 하는 사람을 이해하기란 버거운 숙제였는데 어쩌면 그것은 자신이 받아온 억압을 다른 이에게 주려는 심리였는지도 모르겠다고 했다. 그 순간, 나는 에쿠니 가오리의 소설 『냉정과 열정 사이』의 주인공들이 떠올랐다. 그들처럼 우리도 두오모 광장에 서서 피렌체의 하늘을 오롯이 느끼는 것 같았다. 인경 님을 만난 후로 가장 깊은 마음을 본 순간이었다.

이 책 모임을 할 무렵, 관계 맺기를 어려워했던 우리 여섯 명은 삶의 비슷한 지향점을 가진 서로에게 반해 이상할 정도로 빠르게 친밀해졌고, 자주 함께 여행을 떠나기도 했다. 그러다 멀어지고 말았다. 상처받을 용기도, 상처 줄 마음도 부족했던 우린 결국 아무런 말도 하지 못한 채 서서히 각자의 별로 돌아갔다. 지금은 연락이 닿지 않는 인경 님이지만 여섯 명이 포함된 그 방에서 우리 둘이 이어갔던 토론은 저자 이진경이 말한 '사건'이었기에 여전히 나에겐 소중하다.

───── 우리의 삶은 사건을 통해 크게 구부러지며 다른 방향으로 나아간다. 인생에서 사건이란 그런 것이다. 이전에 바라고 예상했던 목적지와 다른 곳을 향해 가도록 한다. '일생일대'라는 관형어로 수식되는 거대한 사건만 사건일

리 없다. 많은 사건들이 있다. 내 인생의 궤적을 구불구불
하게 구부러뜨리는, 그래서 누군가의 일생을 알고자 할 때
우리는 이처럼 곡절을 만드는 사건들을 본다. 곡선을 구부
리는 특이점들을. 인생이란 특이적 사건들의 집합인 것이
다(26쪽).

삶의 후미진 곳까지 함께 들여다본 인경 님과 멀어진 순
간을 난 기억하지 못한다. 잊지 않기 위해 이날을 기록한
다. 인경 님에게 받은 위로를 잊지 못하는 난 시간을 되돌
려 그녀보다 먼저, 멀어진 순간을 기억하고 싶다. 『삶을 위
한 철학수업』의 표지를 볼 때마다 인경 님의 겁 많은 고양
이 같던 눈동자가 생각난다.

두꺼운 책을 함께
읽었다는 허세

누군가 나에게 "매주, 격주, 매월 책 모임이 있는데 어떤 게 좋아요?" 묻는다면 당연히 "매주!"라고 외칠 것이다. 매주 하든 매월 하든 '전날' 읽기 때문이다. 초인적 집중력이 발휘되는 '마감 읽기'는 나 같은 산만한 현대인에게 필요한 독서 장치다. 간혹 "집중력이 정말 좋은가 봐요"라며 내 독서량을 신기하게 보는 이들을 만나면 이렇게 답한다. "집중력이 부족해서 마감이 필요해요. 마감이 있으면 집중력이 높아져요."

책 모임 '비평 함께 읽기' 회원들도 그랬다. 읽고는 싶지만 혼자 읽기 버거운 책을 제안할수록 좋아했다. 900쪽이

넘는 『비평이론의 모든 것』(로이스 타이슨, 앨피, 2012)을 함께 읽고 만난 날. 의문이 들기도 했다. 전공자도, 전문가도 없는 취미 모임인데 이처럼 열심히 읽고 참여하는 이유가 뭘까.

책 모임 4년 차인 수인 님은 중학교 국어 교사로 은퇴 후 '책 읽고 토론하는 삶'을 꿈꾼다. 특히 비평 모임에 애착을 갖고 부지런히 읽어 온다. 다수가 "앞부분만 읽다 말았어요"라는 날에도 "끝까지 읽긴 했는데…… 잘 읽었는지는……"이라며 말꼬리를 흐리는 조용한 독서가 수인 님이 있어 운영할 맛이 난다. 그녀는 교직에도 보람을 느끼기는 하지만 버거운 자리란 생각에 하루하루 버티는 중이라고 한다. 몇 번의 책 모임에서 자신의 이야기를 하며 눈물 흘리기까지 했다. "언제까지 이 일을 할 수 있을지……." 고민의 나날 속에도 책 읽기만은 놓지 않는 이유를 물었다. 그녀가 답했다. "책 읽고 토론하는 순간엔 부족한 나로 살아도 되니까요."『비평이론의 모든 것』 또한 끝까지 읽어 온 그녀. 다른 날처럼 많이 듣고 적게 이야기했다.

『비평이론의 모든 것』은 소설 『위대한 개츠비』를 대상으로 비평의 개념, 방법 등의 예시를 보여주는 책이다. 왜

『위대한 개츠비』인가를 두고 이견이 오갔다. 현대 고전이라 부를 만큼 인기 높은 『위대한 개츠비』. 그러나 한국 독자 중엔 어떤 점에서 이 책을 위대하다고 하는지 모르겠다는 이도 많다. 우리의 모임에도 이렇게까지 개츠비를 지지하는 저자의 입장에 공감하기 어렵다는 사람도 있었다.

나와 책 고르는 취향이 비슷한 명랑 님이 『위대한 개츠비』팬을 자처하고 나섰다. 그녀는 이처럼 아름다운 소설을 또 만나기는 쉽지 않을 것이라고 했다. 개츠비가 추구한 타협 불가능의 세계에서 우리가 잃어버린 모든 것을 보게 된다며 극찬했다. 명랑 님의 똘망똘망한 표정을 생각하면 우울했던 기분도 말끔히 사라지곤 한다. 명랑 님이 나오는 책 모임에서 난 따뜻한 손 마사지를 받는 느낌이 들곤 하는데, 어떤 책이든 마음으로 느끼려는 그녀의 태도 덕분인 듯하다. 명랑 님의 의견에 모두 공감하진 않았다. "비평 이론을 공부하듯 이렇게 접하니 더 비평에서 멀어진 것 같다"는 신입 회원의 목소리도 들렸다. 선뜻 비평서 읽기에 나서기 어려워하는 독자에게 이런 이론서는 비평이 더욱 권위적인 분야라는 선입견을 줄 수 있다는 의견이었다.

조용히 메모하며 듣던 수인 님은 "이렇게라도 나를 위

해 비평 공부를 할 수 있어 좋다"고 말했다. 사실 비평이란 모든 공부의 기반 같다고, 비평을 공부하다 보면 다음에 어떤 책을 읽어야 할지 지도가 그려진다며 수인 님은 해맑게 웃었다.

'신비평부터 퀴어비평까지'라는 부제에 걸맞은 비평의 사전급 책을 토론하다니 우리가 무슨 일을 벌인 건가 어리둥절하면서도 꽤 뿌듯했던 모임이다. 두껍고 어려운 책을 함께 읽었다는 허세라 해도 어떤가. 어차피 다시 볼 책이란 여유를 품는다면 못 읽을 책은 없다. 비평이론은 문학 작품을 해석한다는 자체의 목적만으로도 충분한 가치가 있지만, 인간의 경험 일반을 이해하도록 한다는 점에서 더 의미가 있다는 이 책의 견해처럼, 책 모임은 활자를 읽는 데서 그치지 않고 삶을 대하는 자세에까지 영향을 미친다는 점에서 큰 의미가 있다.

상처와 거리를
두게 하는 줄자

"여러분이 주고받았던 모멸감의 경험을 나눠봅시다."

사회학자 김찬호의 『모멸감』(문학과지성사, 2014)은 책 모임의 단골 도서이고, 위 말은 이 책으로 모임을 할 때마다 등장하는 논제다.

다소 낯설게 들리는 '논제'란 '질문'이나 '물음표'의 다른 말이다. 다른 말로는 책 모임에서 나눌 이야깃거리다. 매우 사적인 물음표도 좋고, 다수가 궁금해할 물음표도 환영이다. 밑줄과 감탄에 그치지 말고 저자의 생각을 어떻게 볼지, 다른 의견은 없는지 나눠보는 질문의 총합이 논제를 가리키는 셈이다.

책 모임을 하다 보면 사담이 나오기 마련이다. 사적인 이야기를 나누며 감정을 해소한다. 문제는 사담의 과잉이다. 사적인 대화가 책의 자리를 삼켜버리는 것은 물론 꼬리에 꼬리를 물어 그런 이야기가 이어지는 사담형 모임이 되어버리면 지치는 사람이 생길 수 있다. 누군가는 책과 관련된 깊고 다양한 의견을 나누기 위해 왔는데, 또 누군가는 못 읽어 왔다며 진지한 주제를 기피한 채 사담 중심으로 분위기를 끌어가려고 한다. 사담을 원하는 힐링형 회원과 책을 토론하고 싶어 하는 탐구형 회원 사이에서 진행자가 중심을 잘 잡지 못하면 보이지 않는 벽이 생기고, 결국 모임 자체가 와해된다. 만약 이런 고민을 하고 있는 모임 진행자가 있다면 『모멸감』을 추천한다.

이 책은 힐링형과 탐구형 양쪽의 욕구를 적당히 채워주는 사회학 입문서다. 누구나 이 책을 읽으면 뭔가 이야기하고 싶어 한다. 기업에서 진행되는 책 모임에서도 이 책의 진가는 발휘된다. 리더 그룹에게 추천했다. 우리 책 모임에서는 논제를 추출할 때 먼저 본문의 특정 부분을 언급하면서, 그 내용에 해당하는 질문을 던지는 방법으로 진행한다. 리더 그룹에게 논제를 만들어달라고 했을 때 두 명이 논제 하나를 보내왔다.

─── 모멸감이 유발되는 상황은 매우 다양합니다. 모멸을 주고받는 사람들의 관계, 꼬투리 삼아 업신여기는 것, 모멸이 이루어지는 맥락 등 다양한 변수들이 맞물려 모멸의 특성을 구성하는데요(162쪽) 저자는 이 모멸의 특성을 비하, 차별, 조롱, 무시, 침해, 동정, 오해라는 일곱 가지 범주로 설명합니다. 여러분은 어떤 특성이 모멸감을 더 유발한다고 보시나요?

1. 비하(인간 이하로 취급)
2. 차별(열등한 존재로 구분 짓기)
3. 조롱(비웃고 깔보기)
4. 무시(대놓고 또는 은근히 밀어내기)
5. 침해(시선의 폭력에서 섣부른 참견까지)
6. 동정(불쌍한 대상으로 못 박기)
7. 오해(문화의 코드 차이)

참가자들은 1~7번에 여러 이야기를 보냈다. 거래처 담당자에게 무심코 한 말이었는데, 상대방이 매우 기분 나빠했다는 경험담도 나왔다. 즉시 사과했지만 두고두고 자신을 돌아보게 한 일이었다고 했다. 가족 안에서의 침해로 인한 스트레스도 만만치 않았다. 자신을 성인으로 보지 않는 부모의 참견으로 인해 이젠 연락도 잘 안 하게 된다는 호소는 큰 공감을 샀다. 말을 아끼던 사람까지 토론에 적극적으로 참여했다. 회사 밖이었다면 더 상세한 기억도 불러왔을 모임이다.

침묵을 지켜야 한다는 진행자의 의무를 벗어나 내 모멸감의 경험도 꺼내고 싶은 시간이었다. 특히 5번 '침해'의 경우 나의 싱글 시절, 부모님과 함께 간 중국 후난성의 장자제 여행에서 겪은 고공 케이블카 '테러'가 떠올라 착잡했다. 가족들과 케이블카에 올라탄 순간, 난 높이보다 무서운 공포를 느꼈다. 그것은 '무리'였다. 비슷한 형광 톤 등산복을 입은 50, 60대 여성들이 일으킨 침해 때문이었다. 그녀들은 대뜸 이렇게 말했다. "사위도 없이 손자 없이 딸하고만 여행을 와서 얼마나 적적해요"에 이어 "결혼 안 한 딸이 있는 집안은 근심 그칠 날이 없겠다"라는 나름의 공감(?)까지 표하며 가족을 고문했다. 부모님은 별 대응 없이

웃으셨지만 난 그 높은 케이블카에서 내가 떨어지든 그들
이 떨어지든 해야 할 것만 같았다. 무례한 사람에게 웃으
며 대처하는 법을 난 아직도 잘 모른다. 결혼을 하지 않았
다는 이유로 온갖 무례를 감수해야 하는 미혼을 위한 책을
쓰고 싶은 마음을 주었던 장자제 여행.『모멸감』을 토론할
때마다 그때가 떠오른다.

　어떤 책 모임은 기억을 되살려 나와 그 순간을 대면시킨
다. 아직 아픈 자리를 물끄러미 지켜볼 기회를 준다.『모멸
감』은 상처와 마주하게 한 뒤 조금씩 거리를 두게 하는 줄
자 같은 책이다. 이 책으로 모임을 했던 리더 그룹도 그랬
길 바랄 뿐이다.

사람과 사람의 마음이
크로스오버될 때

책 모임은 오직 책으로만 시작되지는 않는다. 때로는 책을 원작으로 한 영화가 독서로 연결되고, 책 모임으로까지 이어지기도 한다. 그중 한 예가 대만 감독 에드워드 양이 연출한 영화 〈고령가 소년 살인사건〉(1991)이다. 대중적으로 널리 알려지진 않았지만, 영화 마니아들에게는 전설로 알려진 작품이다. 영화를 인상 깊게 본 뒤 나는 어서 이 책으로 토론을 하고 싶어졌다. 자신이 있었다. 영화를 보고 책까지 읽고 나면 잘 알려지지 않은 대만의 역사를 들여다볼 수 있을 터였다. 영화와 책 두 가지를 동시에 다룰 수 있는 기회이기도 했다.

너무 자신만만했던 걸까. 결코 잊을 수 없는 책 모임이
되어버렸다. 『고령가 소년 살인사건』(북로그컴퍼니, 2017)만
생각하면 동굴로 숨고 싶어진다. 그날 이후 괜찮은 척 버
티는 나날이 꽤 오래 지속되었다. 힘들지 않았다면 거짓말
이다. 이날 나는 소녀를 잃어버린 열네살 샤오쓰처럼 돌아
올 수 없는 강을 건널 뻔했다.

상황은 이랬다. 토론회 며칠 전에 예정된 온라인 토론을
미뤘다. 내 제안이었다. 〈고령가 소년 살인사건〉을 주제로
한 한 영화 평론가의 개인 방송에 갈 기회가 생겼다. 다녀
오면 회원들에게 더 도움을 줄 수 있을 것 같아 연기하면
어떻겠느냐고 물었다. 다수가 좋다고 했다. '자연스럽게'
모임을 연기했다. 그러나 그다음 주, 토론하기로 한 날 자
연스럽게가 꼭 자연스럽지 않았다는 사실을 알게 되었다.
책과 영화를 봤는지 물어보며 난 감정의 동요를 느꼈다.
영화가 핵심인데 다수가 못 봤다는 것이다.

상영 시간이 237분이나 돼 부담이 될 수도 있었지만, 이
토론만큼은 '다 못 읽어도 괜찮다'라는 그간의 관대한 원
칙이 적용될 수 없었다. 어찌 진행해야 할지 막막했다. 나
는 "그럼 모두 영화 보고 다음 주에 토론할까요"라고 조심

스레 물었다. 다수가 "그래요!"라고 답하던 순간 미연 님에게서 개인 메시지가 왔다.

지난주에도 쌤 상황 때문에 바꾸셨는데 사과도 없으셨죠. 오늘도 준비 다 했는데 연기라니 황당하네요.

말문이 막혔다. 등골이 서늘해졌다. 미연 님 입장에선 그럴 만도 했다. 많은 참여 인원을 기다리다 그랬다는 내 마음도 이기심이었다. 인원이 적건 많건 약속 시간에 이뤄져야 하는 모임인데. 책 모임깨나 해왔다는 자부심에 나도 모르게 자만심에 빠졌던 걸까. 참가자들에게 피해를 주고 말았다.

미연 님은 온라인 토론에 참여하기 위해 다른 일도 보류했다고 말했다. 부끄러웠다. 다른 이들의 입장을 위한다면서 실은 회원들을 이용해 나의 너그러움을 내보이고 싶었던 건 아닐까. 못 읽은 사람들이 있다고 하니 그들을 배려해 연기가 합당하다는 생각은 위선이었다.

가식적인 마음을 들킨 듯해 부끄러움으로 마음이 활활 타올랐다. 돌아보면 이런 일이 한두 번이 아니었다. 책 모임 생활자 15년간 난 얼마나 많은 약속을 연기하고 깼을까. '연기 취소 수첩', '운영자의 속죄록'이라도 써야 할까. 미연 님의 솔직한 말에 놀란 나는 소수의 입장을 묵살했던 기억이 떠올라 머리를 쥐어뜯고 싶었다. 쉽게 깰 약속이라면 쉽게 해서도 안 된다는 것. 연기나 취소의 이유에 전원이 공감할 때까지 운영자는 기다려야 한다는 깨달음에 고개를 들지 못했다. 가까스로 미연 님과 일대일로 이야기하는 동안 두 시간이 흘렀다. 한두 명 있는 책 모임이라도 예정된 시간에 하는 것이 옳다는 생각으로 반성 일기를 쓴다. 책 모임이 때로 한두 사람의 성실한 참여로 지속되기도 한다는 사실을 어쩌다 잊고 말았을까. 책과 원작까지 다 봐야 한다는 운영자의 욕심보다, 사람의 마음을 살피는 태도가 중요하다. 밤새 뒤척인 긴 밤이었다.

견해가
엇갈려서 좋다

때로 마치 저자의 친인척쯤 되는 기세로 추천하게 되는 책이 있다. 21년간 에버그린 주립대학 강단에 선 도널드 L. 핀켈의 『침묵으로 가르치기』(다산초당, 2010)도 그런 책 중 하나다. 이 책은 교사가 아닌 학생 스스로 경험하고 성찰해야 한다고 주장하는 교육 에세이다. 한국 현실과 '다른' 신선한 교육서로 남다른 마음을 담아 애장하고 있다. 학부모, 교사 연수에서 "읽으면 절대 후회하지 않을 겁니다"라고 누누이 강조한다. 이 책에 애정을 기울이는 이유는, 핀켈의 교육관을 읽으며 내 암울한 학창 시절이 떠올랐기 때문이다.

난 암기 과목에 잘 적응하지 못했다. 부족한 암기력을 보완하기 위해 기록했다. 생존을 위한 기록이었다. 쓰면서 생각은 더 깊어졌다. 하지만 나눌 기회가 없었다. 정답이 아닌 생각은 모두 오답일 뿐이었다. 『침묵으로 가르치기』를 통해 다양한 의견이 공존하는 교실이 실현될 수 있겠다는 꿈을 꾸게 되었다. 책 모임 추천 도서가 되기에 손색없는 교육서였다.

토론을 마친 뒤의 반응은 다양했다.

"한국 현실과 동떨어져 괴리감이 느껴진다."

"우리 교육도 달라지고 있으니 실현 가능하다."

"우리가 하고 있는 비경쟁 독서 토론의 방향과 유사해 공감한다."

현실성 여부를 중시하는 시선도, 변화 가능한 쪽이라는 의견도 각자의 입장을 살뜰하게 쌓아 올렸다. 회원들이 만든 논제도 왔다.

―― 이 책의 '침묵으로 가르치기'가 한국 현실에서도 적용 가능하다고 보시나요?

논제를 만든 이는 한껏 기대에 부푼 모습이었지만 토론은 잘 되지 않았다. '한국 현실'이라는 범위가 너무 넓었을까. 마구 뛰어들어 도와주고 싶었지만, 논제를 만든 사람에겐 이렇게 잘 풀리지 않는 토론도 경험이니 난 침묵으로 토론했다. 실현 가능성을 토론해보자는 사람도, 생각을 보태는 쪽도 모두 교육의 변화를 기대하는 마음은 같지 않을까.

교사의 설명 없는 수업에 대한 생각도 여러 갈래로 나뉘었다.

—— 무엇보다도 내가 강조하고 싶은 점은 좋은 책은 교사의 설명 없이도 교육적 기능을 발휘한다는 사실이다 (73쪽).

이 부분에 밑줄을 그은 사람들은 "못 따라가는 학생들에겐 불친절한 수업이 아닐까요? 최소한의 강의도 필요하지 않나요?"라는 의문을 던졌다. 학생들의 반응이 어떻든 간에 '최소한의 설명'도 절제하라는 책의 교육관에 물음표를 달아보는 열정적 토론이었다.

토론을 지켜보다 보니 과연 학생들을 믿고 기다려줄 교

사, 학부모가 얼마나 있을까 싶었다. 이 책이 현실이 되는 날 학생, 부모, 교사 모두 더 건강해지지 않을까. 믿음의 뿌리는 상대가 아닌 나에게 있을지 모른다.

『침묵으로 가르치기』를 토론하러 가는 길은 무겁기도 하고 설레기도 한다. 여러 번 토론한 책이지만, 참가자마다 보이는 반응이 다르다. 견해가 엇갈린다는 점, 책 모임 대화의 큰 매력이다.

내가 사랑하는
책 모임의 벗들

"인생 헛살았구나!"

좋아하는 작가의 '숨은 걸작'을 발견하면 절로 터져 나오는 자책의 말이다. 제일 좋아하는 작가라고 주변에 몇 번이고 말해놓고 이런 명작을 왜 이제야 발견한 거냐며 혀를 깨물고 싶어진다. 작가 슈테판 츠바이크 에세이 『우정, 나의 종교』(유유, 2016)도 그런 책 가운데 하나다.

제목이 암시하듯 이 책은 츠바이크가 사랑한 벗들에 대한 기록이다. 프루스트, 프로이트, 베를렌, 롤랑, 레프 톨스토이, 호프만, 슈바이처, 바이런, 말러 등이 그 벗들이다. 이들에 대한 츠바이크의 깊은 우정을 고스란히 보여주는 홍

미로운 기록을 읽어나가며, 결심했다. 오늘 토론에서만큼
은 한마디도 하지 않겠어! 츠바이크 팬이라던 내가 이 책
을 몰랐다니, 무슨 자격이 있겠어! 연인에게 비참하게 버
림받은 여자 같은 표정으로 듣고만 있겠다고 했건만 결심
보다는 더 떠들고 말았다.

　미온 님은 너무 잘 읽히고 감동적이었다고 했다. 자책
도 보탰다.

　"왜 난 보고 싶은 부분만 보는지 모르겠어요."

　그녀 또한 그간 츠바이크의 책들을 읽긴 했지만, 이 책
에서는 다른 면이 보인다고 했다. 책 모임을 하다 보면 '이
런 말을 해도 되나?'란 생각으로 주저할 때가 있다. 난 그
침묵을 잘 버티는 편이지만 그렇다고 마음이 편한 건 아니
다. 물 흐르듯 이어지는 토론이면, 참가자들이 더 만족할
텐데 하는 걱정도 한다. 이럴 때 미온 님처럼 먼저 말 터주
는 사람이 나오면 반갑다.

　"오늘도 저부터 말해야 하는 분위기죠?"

　얼마나 고마운 회원인가. 긴장감이 누그러진다. 좋은 말,
멋진 말에 대한 부담 없이 느끼는 대로 말하는 것이 책 모
임이라는 미온 님.

이때 냉철한 성향의 병희 님이 나섰다.

"전 이상하게 츠바이크와 안 맞네요. 물과 기름처럼."

사회과학 책을 좋아하는 병희 님은 츠바이크의 과한 감성이 부담되고, 팩트를 흐려서 불편하다고 했다. 실존 인물에 대한 책인데 자의적으로 서술하니 몰입이 안 된다고. 미온 님이 고개를 끄덕이다 덧붙였다.

"가까이서 교류한 사이라 더 많은 이야기를 하고 싶었던 것 같아요."

병희 님의 미간이 좁혀졌다.

"그럴수록 거리를 두고 썼어야 해요. 츠바이크에 의해 보이는 그들을 생각한다면요. 츠바이크의 서술 방식 때문에 그들에 대한 편견이 생기니까."

미온 님이 고개를 끄덕이다 말을 보탰다.

"그런 면이 있죠. 그런데 또 그 맛을 빼면 츠바이크가 아닌 거 같아요."

양쪽의 생각을 듣던 난 마무리 멘트를 해야 할 타이밍이라고 생각했다.

"책에 소개된 작가나 예술가에 대한 기록이 많으니까요, 이 책과 참고하며 보는 것도 좋겠네요."

　틀림이 아닌 다름으로 우린 수많은 차이를 건너곤 한다. 나이, 성별, 경험, 직업과 같은 여러 차이도 '다름'이라는 작은 징검다리 몇 개면 자연스레 넘나든다. 오늘처럼 다른 의견이 나올 때 진행자인 난 누구의 편에 서지도 않고, 내 의견을 말할 뿐이다. 미온 님, 병희 님 모두 괜찮았겠지. 취향이나 관점의 차이로 마음에 상처 날 사람들은 아니라고 믿는다. 더 이야기하고 싶었지만 회원들의 자리를 지켜주기 위해 많이 들었다. 하고 싶은 말 못 해 한 맺힌 나야말로 상처투성이라고 외치고 싶었을 만큼 활발하게 생각이 교류된 시간이었다. 내가 사랑하는 책 벗들의 빛나는 얼굴을 한참 동안 바라보고 있었다.

책 읽기라는
상담소

책 모임을 반드시 한 권의 책으로 할 필요는 없다. 두세 권
을 함께 읽을 때도 있다. 이날의 기업 독서 모임은 읽을 책
이 두 권이라 걱정이 많았다. 책과 친해지려는 사람들인데
무리한 추천이 아니었을까. 심지어 고전까지 넣었으니.

   책을 선정할 때는 신이 나는데, 막상 모임을 하기 전에
는 이런 걱정이 앞선다. 두꺼워서, 어려워서, 지루해서 못
읽었다는 말을 들어도 "그랬군요" 말고는 할 말이 없는 진
행자 인생이라니. 속으로는 '그 책 그렇게 안 두꺼운데요
흑흑' '읽다 보면 그리 어렵지 않아요' '참고 읽으시면 지
루하지 않을 거예요'라고 말하고 싶어지지만 묵언 수행으

로 일관한다. 저마다 기준이 다르다는 사실을 잊으면 안 되니까. 오늘 모임은 청년 장경 님이 분위기를 살려주리라 믿는다.

내 나름으로는 톨스토이를 만나게 해주려고 중편 『이반 일리치의 죽음』(창비, 2012)을 골랐는데 그래도 어려워할까 싶어 생각이 거미줄처럼 엉킨다. 잠시 후회하기도 한다. 왜 이 토론은 맡겠다고 해서 고생인지. 내 책 읽을 시간도 부족한데. 이러다가도 모임 시작하면 무아지경이니 책 모임은 아무래도 나의 운명인가.

사실 고전에 대해 정리해서 말하기란 쉽지 않다. 영화도 보고, 책도 읽고, 토론도 하고, 서평까지 쓴 나도 떳떳하게 말하지 못한다. 『안나 카레니나』는 서평까지 썼는데도 기억이 희미하다. 무려 세 권, 1권 초반까지 안나가 나오지 않는데도 인내심으로 버티며 완독했는데 말이다.

부담을 낮추고 톨스토이를 시작하고 싶은 독자라면 중편 『이반 일리치의 죽음』을 권한다. 죽음에 관한 단 한 권의 소설을 추천한다면 역시 이 책이다. 사실적인 죽음의 풍경. 죽음의 순간에도 끝내 무엇도 포기하지 못하는 인간의 모습, 그 모순을 고스란히 담아낸 명작이다.

—— '죽음, 그래 죽음이다. 그런데 저 사람들은 아무도 모르고 알려고 하지도 않고 불쌍히 여기지도 않는구나. 그저 즐겁게 놀기나 하는구나. (문 저쪽에서 사람들의 노랫소리와 반주 소리가 흩어져 들려왔다) 다 마찬가지다, 저들도 모두 죽을 것이다. 바보들 같으니. 내가 먼저 가고 너희들은 좀 나중일지 몰라도 죽음을 피할 수는 없다. 그런데도 저렇게 즐거울까, 짐승 같은 놈들!'(68쪽)

삶과 죽음에 대한 신랄하면서도 예리한 통찰력, 내면에서 꿈틀거리는 감정이 고스란히 전해진다. 중편 분량이면서도 깊이는 장편 못지않으니 톨스토이를 처음 읽는 이들에게 좋다.

반갑게도 모임 회원들의 반응도 의외로 좋았다.

"지금 회사에서 겪는 일인데, 고전이라니 작가의 통찰력이 대단해요."

"나에게도 분명 닥칠 일이죠. 멀리 있는 일이 아니란 생각에 소름이 끼쳤어요."

밑줄 그은 부분을 소개하겠다며 서로 손을 드니, 번호표라도 줘야 할 분위기. 운영자로서 이때만큼 뿌듯한 순간도 없다. 마치 주인공을 바로 앞에서 보는 것 같다는 소감도 있었다. 죽음을 앞둔 사람의 표정 중 많은 얼굴이 이럴 수도 있겠다는 색다른 의견도 나왔다. 실제로 소설 속에서 이반일리치는 해야 할 일을 다 했고, 제대로 해냈다는 표정을 하고 있으며, 산 자들을 질책하거나 경고하는 듯한 표정을 짓기도 했다고 묘사되고 있다.

이어 토론한 책은 스캇 펙의 『아직도 가야 할 길』(율리시즈, 2011)이다. 많은 이들이 인생 책으로 꼽는 스테디셀러다. 종교적 색채를 드러내면서도, 중심엔 정신의학을 놓고 임상의 예를 보여준다.

"삶은 고해苦海다."

유명한 첫 문장이다. 장경 님을 포함해 젊은 팀원들도 저자 스캇 펙의 세계에 공감하는 부분이 꽤 있었다고 했다. 그러나 방대한 분량, 종교적 뉘앙스, 단언하는 태도로 호불호가 갈렸다. 20~30대 남녀 그룹의 시선은 매서웠다.

"자기주장을 정당화하려 예를 들고 강요하는 듯한 태도가 불편했어요."

몇몇이 이런 의견을 내비치자 잠시 분위기가 가라앉기도 했다. 책을 선정한 운영자로서 잠시 의기소침해졌지만 역시 반전이 있었다. 다양한 논제가 도착한 것이다. 만장일치에 가깝게 좋다고 했던 『이반 일리치의 죽음』과 달리 이견이 많다 보니 자연스레 비판적 독서가 이뤄졌다. 무조건적인 수긍이 아닌, 각자의 시선에서 질문을 끌어냈다. 2030팀이 뽑은 『아직도 가야 할 길』에 대한 질문이다.

　　—— 저자는 "즐거움을 나중으로 미루는 것은 삶이 주는 고통과 즐거움을 맛보는 순서를 정한다는 것이며 이렇게 먼저 고통을 맞고 겪고 극복함으로써 즐거움은 배가 된다. 이것이 품위 있게 살아가는 유일한 방법이다"(25쪽)라고 말하며 다음과 같은 예를 이어갑니다. 여러분은 저자의 이러한 주장을 어떻게 생각하나요?

　모임에 함께한 사람들은 본문의 많은 구절을 꼽았다. 그중 청소년마다 즐거움을 뒤로 미루는 능력이 각자 다르며, 지금 놀고 나중에 하자는 생활 신조가 기본이라던 말이 기억에 남는다. 청소년 시기의 충동적인 생활에 간섭하면 아이들은 반응을 하고, 그런 개입은 보통 실패해서 아이들이 학교를 중퇴하거나 실패를 반복하게 된다는 책 속의 구절에서는 등골이 서늘해졌다. 비참한 결혼, 사고, 정신 병원, 감옥 같은 곳에 정착한다는 것이다. 그리 무난한 학창 시절을 보내지 못한 사람으로서, 내가 그런 상황에 있지 않았다는 안도감을 느껴야 하는 건지 혼란스러웠다.

다음 논제도 기억에 남는다.

—— 저자는 "진정한 자기 훈육은 비본능적으로 살아가도록 자신을 교육하는 것"(74쪽)이라고 주장합니다. 이어 심리 치료를 시작하는 것은 비본능적인 행위이고 가장 용감한 행동이고, 사람들이 심리 치료를 받지 않는 이유는 "용기가 없어서"(75쪽)이며, 정신과 환자들은 치료를 받으러 올 때부터 근본적으로 강하고 건강하다고 말합니다. 여러분은 이런 저자의 생각에 공감하시나요?

책이 말하는 심리 치료에 대한 논의는 활발했다. 상큼한 미소의 장경 님은 "회사 관계로 힘들어하는 친구가 있는데 상담을 권해보고 싶어졌어요"라고 했다. 중학교 때부터 친한 사이로, 고민을 들을 때마다 사회생활이 다 그렇지 않니, 시간이 지나면 좋아질 거야란 상투적인 말로 다독인 것은 정작 자신이었음을 알게 됐다고 말했다. 친구를 멀리하고 싶은 자신에게 실망했다는 장경 님은 이 책을 선물하고, 상담을 권해보고 싶다고 했다. 모임에 새로 온 경이 님은 "제겐 책 읽기가 상담소 같아요"라고 말했다. 대학 시절 대인 관계로 고민에 빠졌던 그녀는 한시적이었지만 책을 통해 많은 도움을 받았다. 사회생활을 시작하며 새로운 상황에 적응하지 못할 때 상담 대신 서점을 찾았다고 한다. "저만 그런 줄 알았는데 아니었다는 걸 알게 된 것만으로도 위로가 됐어요." 고민을 잔뜩 안은 채 서점에 들어가지만 나올 땐 늘 편안해졌다며 자신에겐 서점이 상담소라고 했다.

진행자의 본분을 잊고 경이 님에게 깊이 공감하고 말았다. "저도 서점이 없었으면 많이 힘들었을 거예요." 혼란과 갈등의 서른을 보내던 어느 날, 나도 이 책을 서점에서 만났다. 우리는 모두 병든 자아와 건강한 자아를 갖고 있다는 스캇 펙의 문장 앞에서 한참을 서성였던 기억이 있다. 책이 없었다면, 지금 난 어디에 있을까. 책으로 자신의 길을 찾아가는 사람들을 생각하면 힘이 난다. 책을 함께 읽은 이들의 솔직한 이야기를 통해 치료가 시작된 기분, 모두가 느꼈을까. 스캇 펙의 말처럼 삶이란 고해지만, 살아볼 만한 것 아닐까.

자유로운 익명의 섬,
책 모임

책과 영화 중 무엇이 더 좋아요? 고문 같은 질문이다. 나처럼 둘 다 없으면 안 되는 사람이라면 난감해진다. '북시네마' 모임에 이런 사람들을 초대하고 싶었다. 둘 중 무엇도 없으면 안 돼, 영화 원작은 꼭 챙겨 읽고 말 테다 이런 독서광들의 모임이다. 나와 취향 맞는 책 친구를 여럿 만날 수 있겠지. 부푼 꿈을 안고 모임을 열었다. 기대만큼 많은 사람은 오지 않았지만 실망한 척 안 하려고 무지 애썼다. 역시 예상했던 사람들이 도착했다. 호탕한 남우 님도 여기서 만났다. 첫 만남에서 그녀는 매우 경박하게(!) 웃었는데 그 모습이 마음에 들었다.

"음하하하하하!"

"프하하하하하!"

책상을 치거나 옆 사람을 붙잡고 몸을 흔들며 큰 소리로 웃는 그녀의 첫 웃음에 난 반해버리고 말았다. 오래전부터 눈물까지 흘리며 큰 소리로 웃는 여자들을 좋아했다. 어떤 면에선 남우 님이 마음껏 웃어보지 못한 사람처럼 보이기도 해 연민이 느껴졌다. 명랑한 남우 님은 스티븐 킹의 『리타 헤이워드와 쇼생크 탈출』(황금가지, 2010), 영화 〈쇼생크 탈출〉(1995)을 함께 논하는 이 북시네마 모임에서 열심히 듣고 신나게 말했다. 놀라운 기억력으로 장면과 대사를 옮기며 대화에 빠져들었다. "인간이라면 누구나 자유 의지가 있죠"라고 말문을 연 그녀는 자유롭지 못하다면 결국 굴종적인 삶이 아니겠냐고 되물었다. 주인공의 목숨 건 여정을 끝까지 지켜본 뒤 떠올린 키워드는 '자유'였다.

특별한 공감력을 지닌 남우 님은 모임의 밀도를 높이는 VIP 회원이었다. 덕분에 다른 사람의 시선을 신경 쓰는 사람들도 무장 해제되는 듯했다. 그녀와 4년째 친구로 지내고 있지만 우린 신상을 캐묻지 않는다. 책 모임 회원 대부분이 그렇다. 어떤 일을 하는지, 결혼은 했는지, 나이는 몇

인지보다 책 이야기에 관심이 많다. 성별도 스펙도 나이도 묻지 않는 자유로운 익명의 섬, 책 모임이다. 어떤 책을 읽어 왔는지, 좋아하는 작가는 누군지, 최근에 읽은 책은 무엇인지 이야기하는 시간이야말로 온전한 만남이 이루어지는 시간 아닐까. 사실 좋아하는 책에 대해서만 떠들어도 시간이 부족하다. 늘 모임 끝엔 "시간이 짧았던 것 같아요"라는 말이 나온다.

원작자 스티븐 킹에게 반해, 전작 읽기를 하자는 수미 님도 이 북시네마 모임에 열정적으로 참여했다. 자기 검열이 적은 그녀는 판을 잘 벌이는데, 모임 최종 생존자가 된 적도 많아 뜯어말리고 싶었다. 스티븐 킹 전작을 읽자니 폐인이 되는 것은 아닐까. 작품이 너무 많다! 나도 끌어들일까 봐 침묵으로 일관했다. 회원들도 "다른 모임이 너무 많아 지금은 스티븐 킹 전작 할 자신이 없어요"라며 꼬리를 내렸다. 괜찮다던 수미 님은 결국 몇몇 회원들을 모아 스티븐 킹의 책을 읽었다. 한다면 하고야 마는 수미 님의 근성과 체력의 끝은 어디일까.

저지르는 사람, 저지르지 못하는 사람, 크게 웃는 사람, 작게 웃는 사람, 일찍 오는 사람, 늘 늦는 사람, 말 많은 사람, 듣는 사람들의 한가운데 있는 난 오늘도 삶의 새로운 문장부호를 익히는 중이다.

2장

·········

넓고도 깊은
책 모임

오늘도
책 모임에 간다

간절히 좋아하는 작가를 알리고 싶은 적 있느냐고 묻는다
면 몇 명이나 '그렇다'고 할까. 나처럼 좋아하는 작가를 애
써 알리려는 사람은 많지 않을 테니까. '사람들이 이 작가
를 읽었으면 좋겠어. 나와 다른 생각이라도 좋아. 세상엔
이렇게 좋은 글을 쓰는 작가가 있다는 거 돌아봐줘.' 말을
걸고 싶었다.

　소설가 정미경(1960~2017)도 그런 사람이었다. 그녀가
세상을 떠난 후 난 마음속 별 하나를 잃고 말았다. 생전, 작
가는 내게 말했다.

　"내 소설은 사람들이 많이 읽지 않으니까요……."

출판지 전문지 『기획 회의』 인터뷰로 만난 정미경의 낮고 여린 목소리가 날 아프게 했다. 왜 사람들은 정미경의 소설을 읽지 않는 걸까. 아니, 어쩌면 아예 책을 보지 않는 사람이 많기 때문에, 판매 순위에서 상위에 있는 작가만 알려지는지 모른다. 수업 필독서로 넣을 수도 있었지만, 더 좁고 단단한 팀과 토론하고 싶은 욕심이 났다. 직접 만나 토론하면 더 좋았겠지만, 회원들의 일정을 조율하기 어려워 온라인으로 토론했다. 먼저 각자의 별점을 나눴다. 별점이란 소소하고 치열한 나만의 감상평이다. 다른 사람의 관점이 숫자를 통해 무게감을 갖는다. 함께 읽기로 한 책은 『이상한 슬픔의 원더랜드』(현대문학, 2005).

오늘도 별점 5점 만점에 4점대 초중반으로 호평이었다. 정미경 소설은 처음이다, 작가 생전에 못 읽어서 아쉽다, 사놓기만 하고 이제야 읽었다는 회원들은 호감을 보였다. 꾸준하고 성실하게 문학을 읽는 정이 님은 "묘사의 디테일과 자료 조사에 놀랐다"고 했다. 본인을 '게으른 주부'라고 표현하는 정이 님은 책 읽기만 부지런하다며 웃음 짓곤 한다. 늘 독서는 우선순위, 다른 건 다음에 하거나 안 해도 되는 후순위라고. 아이들도 남편도 잔소리를 하다 이젠 따라서 책을 읽는다니 잘된 일이다. 전엔 캠핑 장소를 돌아다 녔는데 이젠 주말이 되면 서점이나 도서관에 간다는 그녀 의 가족 이야기가 나왔다. 정이 님은 어떤 강요도 하지 않 았다고 한다. 그저, 집안일을 덜 했을 뿐이라고. 모두가 웃 는 가운데 정이 님이 미소 띤 얼굴로 말했다. 대신 읽고 실 천하는 삶을 살려고 애썼다고.

"언행일치를 목표로 하지만, 현실은 언행불일치인 내 삶 도 받아들이는 거죠."

그 말을 듣는 순간 일시에 마음이 편안해졌다. 정이 님 과 이야기 나누다 보면 늘 긴장이 풀린다. 도서관에 자주 가는 정이 님이지만 정미경 소설은 처음 봤다며 한숨을 쉬 었다. 왜 이제야 정미경 작가를 알았는지 너무 취향에 치 중된 독서를 한 것 같다고 했다.

"집안일을 해도 너무 많이 했어. 책이나 읽을걸!"

정이 님 농담에 긴장이 또 한 번 풀렸다. 온라인으로 나 누는 토론인데도 충만했다. 가까이 있는 듯 생생하게 상대 의 생각을 읽을 수 있었다.

작가에 따라 호불호가 강한 남호 님도 호평을 했다.

"세밀한 작가의 관찰력과 경제 분야에 대한 깊은 관심

이 읽혔어요."

구체적인 배경 설명과 그 안에서 살아가는 인물들의 동선이 피부에 와닿는 걸 보면 작가의 관찰력이 대단하다고 했다.

이 책의 배경은 2002년으로 자신에게 주어진 현실을 충실히 치열하게 살아가는 사람들의 이야기를 그리지만 이들을 단단히 묶고 있는 시간은 1986년이다. 이들의 현재는 과거의 기억, 습관에서 온 것이다. 다음 구절에 이 사실이 잘 드러난다.

―― 그날은 언제였을까. 지나간 역사의 어느 순간? 혹은 아직도 오지 않은 어느 날? 어제의 어느 한 순간이었을 수도, 다가올 어느 하루일 수도 있겠지만 여전히 오늘은 아니다. 현오는 뛰어내리며 제 목숨과 함께 지원의 속에 있던 어떤 것도 가져가 버렸다. 지원의 가슴속에는 무언가 빠져나가면서 생긴 검은 흔적이 남았다. 동주의 가슴속에도 똑같은 흔적이 남았을 것이다(73쪽).

과거의 어느 한 시점을 공유했던, 그러나 이제 각자가

추구하는 가치를 향해 질주하는 다섯 인물들의 삶을 통해 작가 정미경은 자본주의에 대한 자신의 관점을 보여준다.

내가 특별히 사랑하는 작가이니 하고 싶은 말이 많았다. 맞장구도 치고 싶고, 첨언해서 감흥을 더욱 깊이 나누고도 싶어진다. 그럼에도 꾹 참았다. 입을 다물어야 하는 순간도 있는 것이 진행자의 자리다. 특히 작가가 소개하는 '어떤 책'이 밟혔다면 단 두세 장이라도 읽고 마는 난 인용된 구스타프 르 봉의 책 『군중심리』(문예출판사, 2013)에 관심이 갔지만 일단 침묵했다. 회원들에게 부담 될까 봐 말을 줄이기도 했다.

나도 읽지 않은 책을 '좋을 것 같다'고 생각만 했다 낭패 본 경험이 종종 있다. 잘 알지도 못하면서 타인에게 권한 배짱은 어디서 나왔는지 자책도 했다. 좋은 책이라도 잘 읽히지 않으면 난감할 때가 있다. 안 읽히는 이유야 저마다 다르지만, 회원 다수가 그렇다면 책 선정을 자신하기 어려워진다. 이번 책도 회원들이 안 좋았다 어렵다 이야기하면 어쩌나. 『군중심리』는 딱 그렇게 되기 쉬운 책이었고, 나는 침묵으로 신중한 자세를 고수했다.

우리 책 모임에 나온 사람들은 책과 삶의 괴리를 한 뼘이라도 줄이고 싶어 하는 소중한 이들이다. 이 자리에서 피어난 소중한 생각들은 내 시야의 '창'이 되었으니 섣부른 혼자만의 마음으로 이 책 저 책 나열하기보다, 모두에게 가장 좋을 만한 책을 고르고 싶다. 오늘도 난 새로운 창을 내기 위해 책 모임에 간다.

책 모임에서
긴장이 고조될 때

"내 아들이 소설 속 주인공 나이라 그런지, 불편해서 혼났어요."

"왜요?"

"주인공이 열다섯 살에 서른여섯 여자랑 만나 관계를 갖잖아요. 얼마나 끔찍해요."

"뭐가요?"

"내 아들이 그런 일 당한다고 생각해봐요. 역겹죠, 진짜. 있어서도 안 될 일이고. 아 상상하고 싶지도 않아요."

"소설을 현실처럼 읽으세요?"

"이 얘기는 그렇게 안 읽을 수가 없잖아요."

"음…… 그럼 내 딸이 10대인데 소설 『은교』를 읽으면, 내 딸이라고 읽어요?"

"……그건 뭐……."

"그렇게 소설을 읽으면 왜곡하고, 놓치는 게 많을 텐데……."

모임 초반부터 살얼음판 같았다. 베른하르트 슐링크 소설 『책 읽어주는 남자』(시공사, 2013) 때문이었다. 초면인 두 회원 사이 정색하는 분위기가 흘렀다. 진행자인 난 뭐하고 있었나. 간발의 차로 끼어들 틈을 봉쇄당하고 말았다. 아니 놓쳐버렸다. "저, 저기요……"라는 나의 목소리는 소수의 주의밖에 끌지 못했다. 한 사람은 얼굴이 붉어졌고 다른 사람은 무표정으로 각자 다른 방향을 보고 있었다.

다행히 이 냉기는 다음 논제에서 풀어졌지만 그렇게 되기까지 꽤 시간이 걸렸다. 그래도 그 논제의 등장이 얼마나 반가웠는지 모른다. 본문의 구절은 주인공이 열다섯 살이던 해에 만난 서른여섯 살 연인의 외모를 묘사하는 장면이었다. 시원한 이마, 툭 불거진 광대뼈, 연푸른색의 눈동자, 완벽하게 매끄럽고 통통한 입술, 각이 진 턱, 넓적하고 준엄해 보이면서도 여성스러운 얼굴 모양 등을 죽 나열하고, 당시에 자신이 얼마나 그 얼굴을 아름답다고 생각했는지 기억한다고 고백한다. 주인공의 이 묘사가 섬세하고 아름다웠기에 두 회원을 둘러싼 긴장이 자연스럽게 완화되었던 것은 아닐까.

찬반 없는 비경쟁 독서 토론이지만, 오늘처럼 긴장이 고조될 때가 있다. 진행자는 당황해선 안 된다. 한쪽으로 치우치려는 경향도 경계해야 한다. 여긴 내 방이 아니라 다수가 찾아온 공공의 방이니까.

『책 읽어주는 남자』가 불편하다고 분노한 회원은 토론 끝날 때까지 불편한 표정으로 자리를 지켰다. 1점도 아깝다는 태도를 고수했다. 맞서서 『은교』를 예로 든 회원은 이 작품의 탁월한 점을 차근차근 풀었다. 역사를 입체적으로 보게 한 점, 두 세대를 말이나 감정만이 아닌 육체적 관계로 만나게 한 설정, 문맹과 수치심을 풀어낸 부분 모두 탁월하다고 했다.

회원들은 나치 전범으로 종신형을 받고도, 자신이 문맹임을 밝히지 못한 인물 '한나'란 존재에 여러 시각으로 접근했다. 소설을 끌고 가는 화자는 '미하엘'이지만 "내가 한

나라면""여러분이 한나라면"이라는 질문이 많이 나와 진행자로서 흥미로웠다. 자신의 입장을 표현하지 못했던 한나였으나 독자에게는 실제적인 존재로 읽혔다.

가장 많이 나온 질문은 "여러분이 한나였다면 종신형을 받을 위기에서, 문맹이었다는 사실을 밝히겠습니까?"였다. 그렇다, 아니다로 나뉘었다. 소설 속 한나에 대한 여러 시각을 공유하며, 나라면 문맹임을 밝힐지 아닌지를 이야기했다. 문맹을 밝히면 보고서를 쓰지 않았다는 사실을 입증할 수 있으나, 내 문맹 사실이 알려진다. 누가 나설 수 있을까? 그럼에도 문맹이라는 수치심보다 살아남는 것이 더 중요하다는 사람도 꽤 있었다. 여러 의견이 오갔다.

"저도 몇 년간 말할 수 없는 수치심에 시달린 적이 있는데요, 그래도 산다는 것만큼 중요하진 않았어요. 소설이라 그런지 너무 과한 설정 같기도 했어요. 과연 사람에게 생존보다 중요한 게 있을까 싶기도 하고요. 물론 한나처럼 목숨과 바꿀 만한 수치심을 경험하지 못했을 수도 있어요."

"제가 한나라면 문맹임을 밝히지 못하고 종신형을 받을 거예요. 사랑했던 남자가 와 있는 재판장에서 저는 문맹입니다, 그러니 그 보고서는 제가 쓴 게 아니에요라고 밝히

는 건 그때 미하엘 당신에게 책을 읽어달라고 한 건 내가
읽을 줄 몰랐기 때문이었어요라는 고백과 같잖아요. 차라
리 종신형을 받겠어요. 또 제가 보고서를 안 썼다고 해도
이미 죗값을 치러야 할 상황이고요."

　책의 어느 부분에 얼마나 공감했느냐, 어떤 경험을 했느
냐에 따라 다른 관점을 가질 수밖에 없으니 입장의 차이는
때로 삶의 차이로 이어진다. 누가 내게 "진행자 의견도 궁
금해요. 문맹임을 밝힐 건가요?"라고 묻는다면 어쩌지. 갑
자기 등에 땀이 났다.

　"저라면…… 내가 쓰지 않은 보고서니까 안 썼다고 하
겠죠. 글을 모른다고, 그러니 난 쓸 수 없다고. 그리고 다시
미하엘을 만나 그때 책 읽어줘서 고마웠다고 평생 잊을 수
없는 시간이었다고 말할 것 같아요."

　혼자 해본 생각이다. 막상 재판장에서 한나의 자리에 앉
는다면 한마디도 못 한 채 눈물만 흘릴지도 모르지만. 오
늘따라 내게 말을 시키지 않은 회원들이 고마웠다. 말하다
우는 상황까진 일어나지 않았으니까.

낮술을
한 것도 아닌데

『어린 왕자』(열린책들, 2015)가 새롭게 다가온 책 모임이었
다. 회원들은 번역에 따라 느낌이 다르다고 했다.

황현산 번역의 『어린 왕자』를 추천한 이유는 평소 나의
애정 때문이었다. 번역 문장에 대한 호불호는 저마다 다르
지만, 내겐 황현산의 번역이 더 잘 읽혔다. 저명한 번역가
김화영의 번역과도 차이를 보인다.

원문을 '어떻게' 살렸느냐에 따라 호불호가 나뉘는 번역.
저마다의 언어 감수성으로 판단하기에 더 나은 번역의 기
준도 모호하다. 김화영의 번역보다 황현산의 번역이 내게
더 와닿았던 이유가 무엇일까 생각해보니, 옆자리에 앉은

아이에게 옛이야기를 들려주는 듯한 편안한 문투, 이런저런 수식을 최소화해 문장을 최대한 짧게 한 것, 간결한 서술부 때문인 듯하다. 가령, "원시림에 관한 어떤 책에서 멋들어진 그림을 하나 본 적이 있다"가 김화영의 번역이라면, "원시림에 관한 책에서 멋진 그림 하나를 보았다"가 황현산의 번역이다. 나는 간결한 쪽이 더 좋았다. 이러한 기준으로 고른 책. 다행히 회원들 반응도 괜찮았다.

가장 먼저 가영 님이 말을 꺼냈다. 가영 님의 마음을 움직였던 문단은 여우와 어린왕자가 약속 시간에 대해 나누는 구절이었다. 여우가 말한다. 네가 오후 4시에 온다면 나는 3시부터 행복해지기 시작할 거라고. 시간이 갈수록 자신은 더욱 행복해질 거라고. 4시가 되면, 자신은 안달이 나서 안절부절못할 거라고. 그러면서 이렇게 말한다. "난 행복의 대가가 무엇인지 알게 될 거야." 여우는 여기에 한마디 덧붙인다. 네가 아무 때나 오면 몇 시에 마음을 준비해야 하는지 알 수 없으니 의례가 필요하다고.

가영 님은 고교 시절에 와닿지 않아 넘어갔던 부분이라고 말했다. 이제라도 다시 읽어 정말 다행이라는 그녀는 "행복의 대가"라는 표현에서 멈춰버렸다고 했다. 한 번도 행복의 대가가 있다는 생각을 해보지 않았는데, 여우의 말이 오래 읽고 곱씹어야 할 부분인 것 같다고.

모임에 처음 나온 석훈 님도 "저도 행복의 대가에 밑줄을 쳤어요"라며 생각을 보탰다. 더 다양한 생각을 듣고 싶어 나왔다는 석훈 님은 동네 책 모임 6년 차 경험자다. 한 달에 두 번 모이다 보니 이제는 누가 어떤 말을 할지 조금은 짐작이 된다며, 다른 모임을 경험하고 돌아가 더 잘 이끌어보고 싶다고 했다. 석훈 님에게 여우가 말한 "행복의 대가"는 '책임'이었다. 늘 궁극의 행복은 어떤 책임과 연결되기도 했다고 한다.

낮술을 한 것도 아닌데, 가까운 사람들에게도 하지 못한 이야기들이 흘러나왔다. 자연스럽게 말이 이어졌다. 토론하다 보니 황현산 전작 읽기를 하고 싶어졌다. 함께할 사람들을 모아야겠다고 결심했다. 책 모임은 이렇게 또 다른 책 모임을 낳는다.

한 사람의 목소리로
남은 소설

책은 마음의 양식이지만 주린 배를 채워주는 것은 밥이나 빵이다. 맛있는 음식을 먹으며 책을 이야기한다면 몸도 마음도 배부르다. '브런치 독토'는 점심을 먹으며 토론하는 모임이다. 다키모리 고토의 『슬픔의 밑바닥에서 고양이가 가르쳐준 소중한 것』(네오픽션, 2016)을 브런치 독토에서 함께 읽었다. 맛있는 음식과 책을 두고 나누는 대화는 생각보다 잘 어울린다.

사실 『슬픔의 밑바닥에서 고양이가 가르쳐준 소중한 것』은 단 한 사람, 은아 님의 강력한 추천으로 선정되었다. 어떤 책은 이렇게 오직 한 사람의 강력한 열망으로 다수에게 읽히기도 한다.

이 책은 얼핏 가벼운 소설 같지만 그 안에는 깊은 상실과 슬픔이 배어 있다. 은아 님은 다른 사람은 어떤 슬픔과 상실을 짊어지고 있을지 궁금해했다.

그녀는 잘 듣고, 기다리는 사람이다. 무슨 이야기를 해도 들어주고 공감해줄 것 같은 정서를 갖고 있다. 부러울 따름이다. 내가 저런 사람이라면 더 멋진 진행자가 되었을 텐데. 글도 늘 단아하게 쓴다. 가끔은 은아 님의 문장을 훔치고 싶은 마음이 든다. 기꺼이 훔쳐 가라고 할 사람이기에, 그 넉넉한 마음도 부럽다.

멤버는 총 여덟이지만 세 명이 참여했다. 단출했기 때문일까. 예상치 못했던 깊은 이야기까지 나왔다. 책을 추천한 은아 님이 적당한 타이밍에서 자신의 이야기를 들려줬다. 관계의 문제, 상실의 경험을 나누자 공감대가 커져갔다. 진심으로 감탄했다. 어쩌면 자기 이야기를 저렇게 자연스럽게 풀어낼까.

'가장 좋게 읽은 한 사람'의 발언이 열 명의 목소리를 대변할 때 나는 늘 공감의 힘에 놀라곤 한다. 그 태도가 열려 있다면, 받아들이려 한다면 우린 그 열 명의 목소리를 모은 한 회원의 이야기에 기꺼이 공감한다. 『슬픔의 밑바닥 에서 고양이가 가르쳐준 소중한 것』은 책 모임과 관계없이 은아 님의 목소리로 남은 소설이다.

내 영혼의
벤치

언제부터 내가 서경식의 책을 읽게 되었는지 알고 싶다. 누군가의 추천 또는 소개 글이었을 텐데 기억이 흐릿하다. 때로 어떤 책, 어떤 작가를 알게 된 시점과 계기를 모두 수집하고 싶어지지만 기억력이 형편없는 나는 최근 기억만으로 살아가는 것 같다.

나의 독서 세계는 서경식을 알기 전과 후로 나뉜다. 인문학을 몸으로 느끼기 시작한 첫 단추가 서경식이었다. 그의 전작이 재미있고 유익하지만, 시작하는 책으로는 『소년의 눈물』(돌베개, 2004)이나 『시의 힘』(현암사, 2015)이 알맞다. 『시의 힘』은 어린 시절부터 이야기를 썼던 어린 시인 서경식을 만나는 에세이다. 고등학생 시절, 자비 출판으로 시집을 만든 이야기도 접할 수 있다. 작가의 자전적 이야기가 풍성하게 실려 있어 다른 책을 읽는 데 좋은 배경이 된다.

서평고급반 도서로 『시의 힘』을 고르고 기대에 부풀었다. 우리 팀은 깊이 읽고 쓰는 편이니 서경식을 처음 읽은 사람이라면 다른 감동의 결을 느끼지 않을까. 진행자들에게 "기대하지 말라"고 그리 말하면서도 난 어느새 또 기대하고 마는 아마추어인가 보다. 오래 만난 모임엔 또 다른 기대가 생긴다. 사람을 향한 애정 때문이라는 변명을 내세우며, 또 기대에 부풀어 모임에 갔다.

현장은 기대와 달랐다. 폭풍 감동, 오열까지 하리라 기대했던 은희 님은 "그저 그랬다"는 발언으로 나를 강타했다. 애써 태연한 척 "아 그렇게 보셨군요"라면서도 속은 타들어갔다. 당장 가까이 가서 몸을 흔들며 "도대체 왜? 왜 감동받지 못한 거야?" 또는 "요즘 메말랐네요, 집에 우환 있어요?"라며 따지고 싶은 마음도 들었다. 허벅지를 찌르며 정신 줄을 잡아야 했다. 은희 님은 발언을 이어갔다.

"기대를 많이 해서 그런지 그냥 이런 경험을 했구나 정도이지 특별하다는 느낌을 받지는 못했고 어떤 부분은 조금 산만하고 지루하기도 했어요."

사실 독서광 은희 님의 호불호를 가늠하기란 쉬운 일이 아니다. 매번 예견에서 빗나가 나를 들었다 났다 하는데, 특별히 마음에 드는 작품이 있으면 내게 꼭 읽어보라는 메시지를 보내는 열정도 있다. 책을 너무나 좋아하지만 자신의 세계가 뚜렷해 호불호가 분명하다. 함께 책 읽은 지 5년이 넘어가는데 아직도 내 예견을 피해 가는 그녀는 만만치 않은 독서 고수다.

다행히 옆에 있던 경록 님이 "인생의 책!"이라며 호평을 시작했다. 만세를 외치고 싶었지만 덤덤한 척 "아 좋게 보셨네요"라며 점잔을 떨었다.

"재일조선인, 재일조선학자, 디아스포라로 불리는 서경식의 글은 한겨레에서 종종 봤는데 책은 처음 읽었어요."

평소 관심을 두고 있던 작가의 책이었다는 경록 님은 의견을 이어갔다.

"제목만 보면 시를 어떻게 쓰는가에 대한 이야기를 할 것 같은데, 한 인간의 성장담을 담담히 그리고 있어서 의외였고 그래서 더 내 인생의 시나 문학은 무엇인가 생각해볼 수 있었어요."

내가 하고 싶었던 말을 경록 님이 해주니 은희 님 발언 때 멎은 심장이 다시 쿵쿵거리기 시작한다. 은희 님은 밝은 표정으로 공감한다. 늘 다른 시각에 신중하게 귀 기울인다.

서평 쓰기를 삶의 일부로 받아들이는 영선 님은 이 책을 이렇게 추천했다.

"책은 변방에서 고뇌하는 한 지성인의 내면을 이해하고 공감하게 하는 데 부족함이 없다. 저자의 말처럼 '상상력과 타자에 공감하는 능력이 급속하게 쇠퇴하는 현실'에서 우리 자신을 돌아보게 하는 책이다."

이 책이 특별했든 그렇지 않았든 상관없이 영선 님의 서평에 모두 공감을 표했다.

문학을 중심으로 다양한 독서를 즐기는 은경 님은 이런 이유로 책을 권했다.

"고독하지만 비관적이지 않고, 절박하지만 분노하지 않는다. 문학평론가 권성우의 말이다. 역사를 말하는 문학, 현실에 대한 깊은 고뇌를 담은 문학에 갈증을 느끼는 독자들에게 일독을 권한다."

누구나 이런 추천 평을 읽으면 어떤 책인지 궁금해지지
않을까. 늘 침착하고 자기 자리를 적게 만드는 은경 님의
서평은 이번에도 차분하고 깊었다. 에너지가 넘치는 경란
님은 "진정한 휴머니스트!"라며 서경식의 열혈 팬이 될 것
을 선포했다. 고심해서 고른 책이었다. 어떤 반응이 나오더
라도 감수할 각오로 갔는데, 위로와 용기를 얻고 왔다. 책
꽂이에 한 줄로 꽂힌 서경식의 전작들은 책장이 열두 번
달라져도 바뀌지 않을 내 영혼의 벤치다.

넓고도 깊은
책 모임

명동 CGV 라이브러리에서 열린 전시 〈영화감독 박찬욱
의 "내 인생의 책"〉을 통해 그를 다시 보게 됐다. 박찬욱은
로맹가리 『흰 개』(마음산책, 2012)를 인생 책으로 소개했다.
나름 로맹가리의 열혈 팬이라 자부했던 난 자존심에 상처
라도 난 듯 흥분했다. 왜 난 이 책을 몰랐을까. 조급함으로
뒤적인 20쪽은 나를 단숨에 사로잡았다. 인종 차별, 인간
에 대한 탐구로 맹렬히 움직이는 서사였다.

　소설의 배경은 1968년부터 1969년, 2년간의 이야기다.
흑인과 백인, 개인과 집단, 남성과 여성, 자본주의와 공산
주의와 같은 치열한 대립 구조로 혼란을 겪은 당시의 미국

을 직시하는 소설이다. 이런 책을 인생 베스트로 꼽다니, 박찬욱 감독을 다시 봤다. 오늘 모임에서 토론할 책『박찬욱의 오마주』(마음산책, 2005)를 고른 배경이다. 이번엔 그의 영화 취향을 읽고 싶었다.

박찬욱 감독에 대한 호불호, 영화에 대한 관심의 정도에 따라 반응이 달라질 테니 약간의 긴장감에 휩싸였다. 회원들은 어떤 책이든 다양한 의견을 들을 준비가 되어 있을 거다. 그 책을 추천해 모임을 진행하려는 나 같은 사람만 준비가 덜 된 상태일지 모른다. 언제나 사람의 눈을 마주하고 내가 추천한 책에 대해 "전 이렇게 봤어요" "전 이상하게 안 읽히더라고요" 이런 말을 듣는다는 건 크고 작은 긴장을 수반하는 일이니까.

영화를 좋아하는 사람도 있고, 거의 보지 않는다는 이도 있었지만 반응은 비슷했다.

"이 책에 실린 영화를 다 보고 싶다."

박찬욱의 필력, 안목은 호평을 얻었다. 영화광 진철 님은 "박찬욱 감독 복수 3부작을 다 좋아한다"며 입을 뗐다. 좀 더 깊이 작품을 이해하고 싶어 다섯 번씩 봤다는 진철 님은 이 책을 읽고 나니 영화가 다르게 보인다고 했다.

"감독이 즐기는 표현 양식 중에 그로테스크한 부분이 꽤 보이는데, 영화광답게 정말 다양한 영화를 봤더라고요. 여러 감독들의 영향을 받았다는 사실을 알게 되어 좋았습니다."

늘 작은 목소리로 흐릿하게 마무리하는 진철 님은 긴 이야기를 할 것 같다가도 빨리 끝내버리곤 한다. 뭔가 결정적인 의견을 제시할 것 같지만 결국 마무리를 하다 마는 스타일이랄까. 모임에 빠지지 않고 나오며, 조금씩 자기 이야기를 꺼내는 중이다. 공무원 진철 님은 곧 마흔을 바라보는 싱글로, 휴일이나 주말엔 늘 집 근처 극장을 간다고 했다. 좋아하는 감독의 신작은 꼭 챙겨 보고, 영화제도 혼자 간다며 최근 다녀온 한 작은 영화제에 대한 이야기도 했다. 학창 시절 영화감독이 꿈이었지만 부모님의 결사반대로 꿈을 접고 공무원이 되었다는 진철 님. 오랜만에 필독서로 선정된 영화 관련 책을 반기는 모습에 나는 그저 흐뭇했다.

"어쩌면 소개된 영화 중 한 편도 안 봤는지." 한숨부터 내쉰 현희 님은 극장엔 잘 안 가지만 집에서 종종 영화를 본다며, 그러면 뭐 하냐고 이 책에 실린 영화 한 편 본 게 없다고 낙심했다. 이제부터라도 책에 나온 영화 목록을 따로 갖고 다니며, 한 편씩 볼 생각이라고 했다.

오늘 책은 글쓰기 모임용으로는 좋으나 독서 토론용으로는 적절치 않았다는 생각도 들었다. 박찬욱 감독이 소개한 작품 중 본 영화가 서로 다르다 보니 대화가 깊어지지 않았다. 이렇게라도 앎의 지평을 넓히는 경험은 필요하지만 차라리 이 책에 실린 한 작품을 골라 그 영화만은 보고 오자고 했으면 어땠을까. 많이 알려진 〈트루먼 쇼〉 같은 작품도 좋았을 텐데. 이미 강을 건넌 지 오래지만 우리에겐 그다음 모임이 있으니까! 넓이도 깊이도 풍성한 만찬을 차리고 싶은 난 오늘도 다음 독서 토론 식탁 생각에 푹 빠져있다.

선한 본성과
환희를 느낄 여유

나는 신해철의 열혈 팬이다. 1988년 대학가요제 〈무한궤
도〉로 세상에 모습을 드러낸 신해철은 내게 새로운 세상
을 열어준 영혼의 치유자였다. 특히, 신해철이 넥스트라는
밴드로 활동해 최전성기를 누린 1992년부터 1997년까지
나는 그들과 함께 질주했다. 그들의 공연장을 찾아다녔다.
'EXIT'라는 모교 팬클럽까지 만들어 각 공연장을 누비며
암흑 같던 고교 시절을 버텼다. 엄마에게 머리채를 붙잡히
고, 담임에게 곤장을 맞고, 교복 치마가 찢어지는 줄도 모르
고 담을 넘어 공연장에 가고야 마는 집념의 인간이었다.

　신해철이 추천하는 음악과 책은 또 다른 출구였다. 그가

나는 오늘도 책 모임에 간다

추천한 러셀의 책을 읽으며 온갖 허세를 부렸으니 친구들이 볼 땐 가관이었겠으나 '어떤 나르시시즘'으로라도 버텨야 하는 그런 시기였다.

손에 든 러셀의 책은 난해한 내용투성이였는데, 자신의 인생에 큰 영향을 준 책으로 버트런드 러셀의 『나는 왜 기독교인이 아닌가』를 꼽았다. 그의 인생 책이라니 바로 구해 읽어보았다. 글자만 읽었을 뿐, 뜻은 거의 이해하지 못했던 그러나 인간에게 종교란 어떤 의미인가 생각하게 한 책이었다. 이후 책 모임을 운영하며 난 종종 러셀의 책을 권했다. 책 좀 읽었다는 사람들도 어려워했으니, 그럴 때마다 어려운 책 읽는 티 팍팍 냈던 나의 여고 시절이 떠올라 웃음이 절로 나온다. 고난도 책을 읽는다는 건, 저자와 동급으로 나도 격상(?)하는 듯한 느낌을 주는 행위 아닐까. 아래는 『나는 왜 기독교인이 아닌가』(사회평론, 2005) 서문이다.

—— 종교가 주는 해악에는 두 종류가 있다. 하나는 종교에 반드시 주어져야 한다고 여겨지는 믿음의 성질에 좌우되는 것이고, 또 하나는 믿어지고 있는 특정 신조들에 좌

우되는 것이다. 우선 믿음의 성질에 관해 살펴보자. 여기
서는 신앙을 갖는다는 것, 다시 말해 반대 증거가 있더라
도 흔들리지 않는 확신을 가지는 것이 도덕적인 것으로 여
겨진다. 아니, 반대 증거로 인해 의심이 생기면 그 증거들
을 억압해야 한다고 주장한다. 이러한 근거 위에서, 러시
아의 경우 자본주의를 옹호하는 주장을 못 듣도록, 미국의
경우 공산주의를 옹호하는 주장을 못 듣도록 젊은이들의
귀를 막아버린다(12쪽).

교보문고 광화문점 입구에서 종종 보는 종교인들이 떠
오르는 부분이다. 그들은 늘 "하나님을 믿고 그 믿음을 증
거해야 하나님이 바라시는 대로 사는 삶"이라고 행인들에
게 호소하곤 하는데, 러셀에 따르면 이들은 그런 삶을 '도
덕적인 것'으로 여기는 것은 아닐까. 종교는 한 인간의 윤
리 경계선을 새롭게 긋는 도덕적 정지선이다.

러셀의 『게으름에 대한 찬양』(사회평론, 2005)을 책 모임
을 통해 다시 읽게 되었으니, 때로 어떤 책은 입문기를 상
세히 풀어야 스스로 내가 왜 선택하게 되었는지 납득하게
된다. 도대체 왜 이런 책을 읽고 있을까. 어쩌다 이 작가의

열혈 팬이 되었으나 돌아보면 그 자리엔 늘 사람이 있었다. 한 신문을 보고, 칼럼이나 서평으로 선택한 책은 거의 없다. 누군가의 열정적인 추천으로 고른 책은 내 삶까지 확장되곤 했다. 추천받은 책을 읽는다는 것은 편견의 동굴에 새로운 창을 내는 일이다. 추천자의 삶이 내 삶의 안쪽 구석으로 들어와 자리 잡은 작은 방이다.

『게으름에 대한 찬양』 모임에 온 회원들은 "어렵다" "난해하다"면서도 "대단한 역설과 통찰"이라며 호평했다. 러셀의 생애를 보니 우월한 유전자와 후천적 노력이 잘 조화된 합작품이란 생각이 든다는 한 회원은 '러셀 전작 읽기'를 하자고 계속 제안했으나 하나같이 침묵했다. 나라도 나서서 "할게요"라고 왜 말하지 못했을까.

사놓고 읽지 못한 책이 천장도 뚫고 바닥으로 내려앉을 위기라 그런 건 아니지만 참여 중인 수많은 북클럽 생각이 나서였다.

꾸준히 모임에 참여하는 중석 님은 "제가 무성의하게 지나친 부분을 주목해서 깊게 파고드는 작가의 탐구력과 기록하는 자세에서 감동을 받았다"고 했다. 일생 글쓰기를 놓지 않았던 버트런드 러셀. 그가 쓴 자서전 『러셀 자서전

1, 2』까지 읽고 싶다며 모임을 제안한 회원은 별 반응이 없자 혼자라도 읽겠다고 했다. 그녀의 마음이 상할까 봐 모임 후 개인 메시지를 보내 고맙다고 했다. 책 모임 운영자는 '덜 놓치는 사람'이자 '더 듣는 사람'이다. 이 노력을 할 여력이 안 된다면 회원으로 참여하는 편이 좋다. 이런 사람으로 거듭나고 싶다면 꼭 해볼 일이니 추천하고 싶다.

연약해 보이지만 강단 있는 정윤 님은 러셀에게 반했다며 이번 책도 세 번이나 읽었다는 말로 운영자를 위축(?)시켰다. 난 오래전에 읽었고, 이번엔 한 번밖에 못 봤는데 혹시 모르는 내용이 나오면 어쩌지 긴장하기 시작했다. 정윤 님은 『게으름에 대한 찬양』의 가치를 높이 평했다.

"4차 산업혁명을 통과하고 있는 현재의 독자들에게 진부해 보일 수도 있는 주장이 일부 있기도 하지만 전반적으로 균형적 시각을 유지하고 있어 거부감 없이 읽힌다. '삼포세대'라는 용어가 네이버 지식백과에 실릴 만큼 기본적 생계 유지조차 힘들어진 현대인에게 게으름이라는 말은 죄악처럼 여겨지기도 한다. 그러나 선한 본성과 환희를 느낄 여유, 숙고하는 시간으로서의 게으름은 시대와 환경을 초월하여 지켜가야 할 미덕인지도 모른다. 건강한 정신의 회복, 행복이 보편이 되는 사회를 향한 외침은 오늘을 살아가는 우리에게도 유효하다."

역시 세 번 읽은 이답게 깊이 있으면서도 명확한 서평이었다. 한 도서관에서 만난 그녀는 네 살 딸 아이의 손을 잡고 가녀린 몸으로 앉아 있었다. 유난히 눈을 깜빡였는데, 적극적으로 질문했다. 난 그녀의 눈 안에서 어떤 결핍과 소망을 읽었다. 그녀는 곧 숭례문학당에 도착했고, 우리는 책 친구가 되었다. 그녀가 러셀로부터 읽은 '선한 본성과 환희를 느낄 여유, 숙고의 시간'이란 책 모임이 주는 선물이 아닐까. 30년쯤은 함께 책 모임 하고 싶은 친구다.

내 인생 책이 당신에게도
그러리란 법은 없지만

『달과 6펜스』(민음사, 2000)는 나의 인생 책이다. 이 책으로 토론하는 날, 진행자의 부담은 종잡을 수 없는 파도에 휩쓸려 다니는 바다 생물처럼 불안하다. 감동받지 못한 사람은 '이 책이 왜 인생 책이에요?'라고 물어볼 수도 있다. 한 번쯤 장대한 의미를 담아 답하고 싶지만 난감한 질문이다. 내 이야기를 들려주고 '아 인생 책일 만하네!'라는 공감을 일으켜야 한다는 부담이랄까. 이 작품에 대한 비판적인 관점도 모임에서 종종 나온다. 1919년, 20세기 초반에 쓰인 이 소설에는 불균형한 젠더 관점이 목격된다. 독자들은 다른 부분은 좋지만, 여성 혐오적인 태도를 보이는 인물들은 문제라는 입장을 드러내기도 한다. 나 또한 편치 않게 읽은 부분이다. 그럼에도 "그를 사로잡은 열정이 그것의 결과물로 정당화될 수 있을 것이냐 하는 문제는, 내 현실적인 감각으로 볼 때 여전히 의문으로 남아 있었다"(75쪽)라는 화자의 고민처럼, 어떻게 살 것인가에 대한 근본적인 질문을 던지는 작품이기에 내 인생의 책으로 남았다.

물론 20대 청춘의 방황기에 만난 『달과 6펜스』 이후로, 내 길을 찾았다며 무용담 비슷한 거라도 펼친다면 이 책에 대한 비판적 관점을 떠나 얼마나 재수 없겠나. 책 한 권으로 무슨 진로나 꿈을 결정해? 넌 운이 좋았나 보지 이렇게 생각하는 사람도 있을까 봐 말문이 열리지 않는다. 물론 내가 좋아하는 일을 하며 살게 된 것은 여러 우연과 행운 덕일지도 모른다.

이 책이 사실 내 마음에 전혀 와닿지 않았거나, 지루했다고 말하는 사람들의 멱살을 잡고 싶은 충동이 생기면 모임을 진행하는 내내 괴롭다. 예의상 "그럼요 다양하게 읽을 수 있어요"라고 대응하는 보살 같은 진행자로서 난 오늘도 인생 책 『달과 6펜스』 옆자리에서 꿋꿋이 버틸 것이다. 부담을 해결할 치료 약은 준비뿐이다. 대화 나눌 논제를 정성껏 준비했다. 가령 이런 질문으로.

——— 화자에 따르면 스트로브는 "자신은 엉터리 화가이
면서도 미술에 대한 감각만은 아주 섬세해서 그와 함께 화
랑에 가는 일은 큰 기쁨"(93쪽)인 사람입니다. 어느 날 스
트로브는 병이 난 스트릭랜드를 집으로 데려오겠다며 아
내 에이미를 설득하려 합니다. 하지만 에이미는 "싫어요"
라며 반대합니다. 그녀는 "병원에 가면 되잖아요?"(129쪽)
라고 되묻지만, 스트로브는 몇 가지 이유를 대며 스트릭랜
드를 돌봐야 한다고 말합니다. 여러분은 스트로브가 꺼낸
이유 중 어느 부분에 더 공감하셨나요?

다음 문장들을 예시로 들었다.

1. 개처럼 죽어가도록 보고 있을 수는 없잖아. 그렇게 몰
   인정할 수는 없지(129쪽).
2. 천재들에게는 너그럽게 대해 주고 참을성 있게 대해
   주어야 해(131쪽).
3. 그 사람이 천재라서만은 아냐. 그 사람도 사람 아닌

가. 병들고 가난한 사람 아닌가 말이야(131쪽).

4. 이건 생사가 걸린 문제라고 말야. 그 사람을 그런 비
참한 골방에 팽개쳐 놓을 수는 없잖나(131쪽).

토론을 좋아하는 사람들은 이 부분에서 "아내 블란치가
끝까지 반대하는 스트릭랜드를 데려오겠다는 스트로브의
행동을 어떻게 보셨나요? 공감하나요?"라고 묻곤 한다. 그
러면 "내 남편도 친구들을 자꾸 데려와서 짜증 난다"는 산
으로 가는 발언이 이어지기도 한다. 난 다른 질문을 원했
다. 그림을 팔고 그리는 스트로브는 '안목' 하나만은 인정
받던 남자다. 그는 다 죽어가는 무명의 예술가 스트릭랜드
를 집에 들이자며 아내 블란치를 설득하고 있다. 이 상황
을 어떻게 볼 것인가? 지난번 토론에서 꼼꼼히 읽어 와 나
를 긴장시켰던 정윤 님이 먼저 말을 꺼냈다.

"저는 충분히 공감해요."

그녀의 생각이 궁금해졌다.

"제가 흥미롭게 읽은 부분이에요. 너무 잘 썼다는 느낌
을 받았어요. 스트릭랜드를 데려오려는 복합적인 자신의
마음을 상세하게 구분해서 말하는 스트로브는 적어도 이

장면에선 맹목적이지 않아요. 나름의 자기 논리를 갖고 스트릭랜드를 데려오자고 주장하고 있어요."

가만히 듣고 있던 독서광 은희 님이 이야기를 이어갔다. 조금 다른 견해였다.

"굳이 고르자면 4번이에요. 생사가 걸린 문제이고 그런 비참한 상황에 놓인 예술가를 그냥 보고만 있을 수는 없겠죠. 하지만 그건 스트로브의 비겁한 논리예요. 이어 자기 아내 블란치의 약점을 들춰서 스트릭랜드 간호를 허락하게 하는 태도는 정말 모순 덩어리란 생각에 구역질이 나올 정도였어요. 저는 책을 읽는 내내 스트로브라는 인간이 너무 불편했어요."

다소 강경한 은희 님의 생각에 평소 차분했던 정윤 님이 의외의 발언을 꺼냈다.

"그건 은희 님이나 저나 우리 모두의 마음에 스트로브와 같은 면이 있기 때문에 불편함을 느끼는 건 아닐까요. 그것 때문에 작품이 싫어진다거나 읽지 못할 이유는 없다고 봐요. 그런 인간의 모순을 파헤쳐 써 내려간 서머싯 몸이 더 위대하다고 느껴져요."

담담히 듣고 있던 중석 님은 간단히 의견을 보탰다.

"사람은 누구나 자기중심적이고 이기적이잖아요. 그런 점을 포착했다는 점에서 놀랍네요."

알고 보니 책을 제대로 읽지 않았다는 말을 모임 끝에서 나 했던 중석 님. 화가 났지만 "그럴 수도 있죠"라며 또다시 웃음을 지었다. 점점 인공지능 진행자가 되어가는 것 같다. 그래도 천직의 길을 걷고 싶은 난 참하게 듣고 있었다.

『달과 6펜스』를 두고 나눈 토론은 치열하고 풍성했다. 다양한 인간 군상에 대한 시각이 저마다 달랐기에 가능했다. 가난하고 병든 예술가 스트릭랜드를 집에 데려올 것인가 말 것인가, 데려오는 행동에 공감하는가 공감하기 어려운가를 논하기 전에 '왜 데려오려 하는가', 서머싯 몸이 짜놓은 개연성에 깊이 침투한 토론이었다. 모임에 참여했던 사람들과 소모임까지 이어갔다. 그럼에도 나는 갈증을 느꼈다. 이 책의 가치를 자기 목숨처럼 여기는 독서광을 더 만나고 싶다. 주체할 수 없는 이 광기란.

세상에는
그런 삶도 있다고

성석제의 장편 『투명인간』(창비, 2014)을 여러 번 토론하는 이유. 작가 성석제의 인물이 어떻게 읽히는지 궁금해서다. 시작은 소설집 『황만근은 이렇게 말했다』(창비, 2002). 누군가는 "답답하다" "바보 같다" "이기적이다" "비현실적이다"라고 비판하는 책이 『황만근은 이렇게 말했다』이다. 난 작품에 나오는 인간형에 열광했지만, 토론 기회를 얻지 못했다.

『투명인간』이 나오자마자 단숨에 읽은 난 '성석제 인물을 집대성한 작품'이란 생각에 여러 토론에 배치하기 시작했다. '염치' '사과' '양심'과 같은 가치를 중시하는 성석제를 생각하면 중국의 소설가 위화가 연상된다. 위화 하면 역시 『허삼관 매혈기』(푸른숲, 2007)가 가장 먼저 떠오른다. 이 소설은 국내에 〈허삼관〉(2015)이라는 영화가 개봉하면서 원작의 시대상과 메시지가 많이 훼손돼 안타까웠던 작품으로, 원작의 배경은 중국 문화 대혁명이다. 『허삼관 매혈기』는 생사 공장에 누에고치 대는 일을 하는 노동자 허삼관의 매혈 여로를 그린 소설이다. 작가는 이 작품이 '평등'에 관한 이야기라고 밝힌다. '자라 대가리'라고 불리는 허삼관의 깊은 휴머니즘에 독자들은 감응한다. 성석제 또한 도덕적 가치를 전면에 드러내지만, 위트 면에선 위화의 작품보다 밋밋해 보인다. 어떤 독자는 다소 무겁다고 느낀다.

『투명인간』 토론에 참여한 이들은 주인공 만수에게 불편함을 느낀 모양이다. 가족을 위해, 직장 동료들을 위해 기꺼이 희생에 나서는 만수를 보며 "천불이 난다"고 했다. 작가가 제시한 인간형에 완전히 빠져들지는 못한 이들이 더러 있어 열띤 토론이 벌어졌다. 회원 중 영희 님은 이런 논제로 토론하고 싶다고도 했다.

—— 성석제 소설 『투명인간』 속 만수는 자신의 시간과

노력이 동생들, 사랑하는 가족에게 투입되는 것을 조금도 아까워하지 않습니다(236쪽). 그는 형 백수가 죽고 생활비를 담당했던 큰누나가 결혼하자 "아버지처럼 가장처럼 학비와 생활비를 벌어 왔고, 식구를 부양"(265쪽)합니다. 제대 후에는 월급을 두 배로 주겠다는 세차장 사장의 제안을 거절하고 의리를 지키기 위해 자동차 부품 회사에 입사합니다(218쪽). 회사가 망하고 최후의 7인이 되어 사장 대신 회사를 지키다가(288쪽) 채권단에게 소송을 당합니다. 만수는 가족뿐만 아니라 공장 식구들까지 책임집니다. 여러분은 만수의 이런 행동에 공감하시나요?

논제를 읽다 눈물을 삼켰다. 압축해놓은 만수의 인생사가 자발적 고통 자체라는 느낌이 들어 더욱 슬펐다. 한 인간의 인생을 이렇게 극한으로까지 밀어붙이는 성석제 작가라면 그의 작품 모두가 탐구할 만한 세계가 아닌가. 회원들이 꼽은 인상적인 구절은 하나같이 만수의 삶을 여실히 보여주는 것들이었다.

만수는 자신의 시간과 노력을 동생들을 비롯한 자기 가족에게 들이는 걸 조금도 아까워하지 않는다(236쪽), 주부처럼 살림을 하고 가장처럼 학비와 생활비를 벌어 왔으며, 그런 일들을 너무도 자연스럽게 해왔기에 다른 가족들은 모두 제 할 일에 몰두할 수 있었다(265쪽). 가족뿐인가. 공장 동료 일곱 명을 마지막까지 책임을 지는 게 올바른 거라고 생각하고, 자신이 정치도 모르고 법도 모르지만 그것이 정의라고 생각한다는 만수(302쪽)의 삶에 밑줄을 그으며 회원들이 느꼈을 여러 감정이 내게도 고스란히 전해졌다.

책을 읽지 않은 이라면 뭐라고 할까. 읽은 독자라도 쉽게 공감한다 할 수 있겠나. 만수를 변호할 자 누구인가. 물론 난 토론에 끼어들어 종일이라도 만수를 변호할 수 있다. 그러지 못하는 것이 한이지만, 언젠가 운영자가 아닌 회원으로 참여해 그럴 날이 오지 않겠냐는 소소한 희망을 품어본다.

기회가 온다면 이렇게 말하고 싶다. 세상엔 이런 지질한 삶도 있다고. 손해 보고, 잘못된 선택을 하고, 인생을 망쳐버리는 선택을 하는 사람도 있다고. 그렇다고 그가 나쁜 인간은 아니지 않느냐고. 함께 잘 살아보려는, 혹 그들을 잘 살게 하려는 노력이지 않았냐고. 물론, 가족의 잘못된 선택으로 피해 본 이들은 "안 당해봐서 속 편한 소리 한다!"고 분노할 수도 있다. 하지만 문학을 기정사실화하고 자신의 경험으로 단정하는 태도엔 공감하기 어려울 때도 있다. 한 인간의 고통과 선택을 보여주는 성석제의 세계를 난 더 섬세히 읽고 싶다. 더 느리게, 긴 시간 깊이 이야기하고 싶은 하루였다. 언제나 책으로 나누는 대화는 날 충만하게 한다.

토론을 마치고 귀가한 시간은 늦은 밤이었다. 당 떨어진 시간에 꼭 맞는 책이 보이지 않았다. 토론만으로는 갈증이 가시지 않아 몸을 이리저리 굴렸다. 오늘은 어떤 책을 읽으며 잠들까.

3장
·········

지금도
그를 기다린다

오늘도 끝까지
읽지는 못했지만

나와 5년째 책 모임을 하는 영화 님은 국어국문학을 전공하고 학생들을 가르치는 박사임에도 늘 "꼴찌 자리는 제가 할게요"라고 한다. 여기서 '꼴찌'란 독해력을 말하는 것이 아니라 읽은 분량이다. 영화 님은 책을 다 못 읽고 오는 경우가 많다. "표지만 보고도 왔습니다." "시작 부분만 읽고 왔습니다." "두 챕터 읽고 왔습니다." 영화 님의 고백이 끝나면 "괜찮아요" "나도 읽다 말고 왔어요"와 같은 반응이 나오고 화기애애한 분위기가 되곤 했다. 책을 다 못 읽었어도 집중해서 토론하고, 중요한 발언을 골고루 챙기는 영화 님의 내공은 늘 놀랍다. 책 모임의 에너지원이랄까. 그녀는 자주 "저요!"라며 모임을 신청했고, 결석 없이 롱런했다. 신규 회원이든 베테랑 멤버든, 가르치려는 사람이든 가르침을 받으려는 사람이든 영화 님을 좋아했고 기다렸다. 그녀는 정성껏 듣고 공감했다. 책 모임을 잘 하는 사람은 잘 듣는다. 어떤 모임이든 영화 님은 진행자를 돕는 서포터 역할을 해낸다.

영화 님을 믿고 고른 책은 『김윤식 평론선집』(지만지, 2015). 국문학에 조예 깊은 영화 님이 함께한다니 자신 있게 선택했다. 모임명은 '김윤식 전작 읽기'. 일생을 한국 문학 탐구에 삶을 바친 김윤식(1936~2018) 평론가. 그의 책을 집중해서 읽고 토론하는 모임이다. 30년간 강단에 선 김윤식 평론가는 200여 권의 책을 썼는데, 정년 퇴임 후에도 40여 권의 책을 내며 쉼 없이 읽고 썼다.

전문가의 책을 읽을 수 있을까 고민하는 사람에게 어필하려면 작고 가벼운 책이어야 한다. 손 안에 들어오는 작은 크기에 245쪽이라 괜찮지 않을까. 모임이 시작되자 바로 반응이 터졌다.

"내용이 좀 어렵지만 얇고 소장하기 좋다.""지만지 출판사 시리즈 다 소장하고 싶다.""김윤식 평론가의 다른 책에 비해 가지고 다닐 수 있어 좋다." 다행이라며 한숨을 돌리던 와중에 고통에 찬 소감도 들려왔다. "뒤로 갈수록 어려워서 다 못 읽고 왔다." "한국 역사와 국어의 변천사를 잘 모르니 책장이 잘 안 넘어갔다." "예로 드는 작가나 작품을 모르니 와닿지 않는다." 책의 가치에 대한 비판이 아니니, 진행자로선 안심이었다. 꼭 읽어볼 책이라는 한두 마디에 경직된 어깨의 피로가 조금이나마 풀렸다.

오늘의 기대주 영화 님은 책의 장점을 일목요연하게 정리하고 특징을 간추렸다. 후반에 실린 유진오론, 녹기연맹과의 대립 의식, 최재서의 '고민의 종자론'은 다소 어려웠지만 한국 문학이 걸어온 길을 깊이 들여다볼 수 있어 좋았다고 했다. 이런 책이 아니면 한국 문학의 뿌리를 볼 기회가 거의 없는 게 사실이었다. 영화 님은 옛 작가들의 작품과 최근 소설을 더 풍성하게 읽을 수 있게 되었다고 이야기하며 오늘도 이렇게 말했다.

"끝까지 읽진 못했지만 돌아가서 꼭 끝까지 읽겠습니다."

우직한 그녀의 소감은 늘 더 길었으면 하는 아쉬움을 남긴다.

인생과 인생이 맞닿아
풍성해지는 전기 문학 모임

"책보다 서평이 더 재미있어요!"
"한 사람의 이야기를 계속 읽으니 지루했어요."
"디킨스는 기인, 광인이었어요!"

전기 『찰스 디킨스, 런던의 열정』(펜데데로, 2017) 모임을
했다. 작가에게 관심이 없으면 지루할 만한 책이니 오늘도
긴장한 채로 모임에 갔다. 역시 호불호가 나뉘며 디킨스의
광인 기질이 화두에 올랐다. 소설 쓰기, 전국 순회 낭독, 공
연 무대까지 열었던 문학의 화신 찰스 디킨스. 『찰스 디킨
스, 런던의 열정』저자 헤스케드 피어슨은 디킨스의 삶과

작품을 세심하게 추적했다. 그의 인생과 작품 세계가 어떻게 맞물려 있는지 들여다보고, 영미 문화의 주축이 되어가는 작가의 삶을 담았다.

한 편의 영화 또는 소설 같다는 의견이 많았다. "디킨스 완결편" 같다고도 했다. 디킨스와 진행자인 내가 닮았다는 발언에는 의아했다. 전국 낭독회를 하며, 자기표현을 즐기는 디킨스가 나와 닮지 않았냐는 것이 요지다. 진행자인 내가 중심에 서면 안 되기에 호응도 침묵도 난감한 상황이었지만 "디킨스라니 영광이죠"라며 웃어넘겼다.

가끔 어떤 책 모임은 책을 발판 삼아 삶의 보편적인 이야기를 풀어보려는 수다 욕구가 발동되기도 한다. 누가 주범인지 모르게, 모두가 함께 수다 떨고 웃다 보면 책 이야기는 사라지고 진행자의 자리도 지워진다. 다시 책으로 오려면 누군가 본론으로 유도해야 하는데 그 역할은 진행자의 몫이라고 나는 생각한다. 대신 건조한 뉘앙스가 아닌 유연한 태도로 말이다. 다시 디킨스로 돌아와 문학에 인생을 바친 한 인간을 들여다봤다. 전기 문학을 처음 읽은 사람들은 다른 전기나 평전도 읽고 싶다고 했다. 한 인간의 삶을 송두리째, 첫 장부터 마지막 장까지 정독하는 특별한 독서 경험 아니냐면서.

내 주변의 사람들과 다른 생각, 관점을 갖고 있는 이들과 토론까지 하면 작가의 삶은 물론 나의 인생도 풍성하게 느껴진다. 홀로 읽기에선 할 수 없는 경험이다. 더 오래 책 모임을 하고 싶다는 생각이 든다. 그러려면 진행자로서 중심을 잘 잡아야 한다. 책을 잘 추천해야 한다. 잘 들어야 한다. 한 작가의 인생도, 어떤 회원들을 만나 이야기하느냐에 따라 다르게 보이니 내게 책 모임은 한 치 앞도 알 수 없는 인생과 닮은 또 하나의 세계다.

글로
사건 사이

독서와 글쓰기는 불가분일까. 꼭 그렇지는 않지만 매우 깊이 연결되기도 한다. 함께 읽고 나누다 보면, 자연스럽게 자기 생각을 글로 정리하고 싶어진다. 불가분까지는 아니더라도 '거의 필연' 정도는 되지 않을까?

오랫동안 이어온 모임 중에 '도스토옙스키처럼 쓰기'가 있다. 도스토옙스키의 작품을 함께 읽고, 명문장을 따라 쓰자는 취지다. '톨스토이처럼 쓰기'에 이어 두 번째 대문호와의 만남이다. 난 회원을 모을 때 "도스토옙스키 작품을 읽지 않아도 참여할 수 있어요"라는 낚시 문구를 걸었지만, 읽어 오는 사람들이 생겼다. 일부 문장만 경험하니 읽

고 싶어서 집에 가는 길에 샀다는 남우 님은 리더기를 보
여줬다. 그녀가 샀다는 책은 이북이었다. 지금까지 모은 책
으로 집이 무너질 것 같아 이북을 읽는다는 그녀는 밑줄과
메모도 공유했다. 넓은 품과 넉넉한 웃음으로 모임을 부드
럽게 만드는 남우 님은 독서와 기록을 촘촘히 한다. 365일
매일 글 쓰는 모임도 했고, 요즘엔 자신만 보는 1일 1카드
쓰기로 삶을 기록한다. 책 모임 후 인생이 달라졌다는 남
우 님은 "이런 세상이 있는 줄 몰랐다"고 했다. 남우 님에
게 『죄와 벌』(민음사, 2013) 본문 낭독을 부탁했다.

—— 공부라면 몸을 아끼지 않고 열심히 했고 그 덕분에
존경도 받았지만 아무도 그를 좋아하지는 않았다. 그는 몹
시 가난하면서도 왠지 거만하다 싶을 만큼 오만하고 비사
교적이었으며 속에 뭔가를 숨기고 있는 사람 같았다. 어떤
학우들에게는 그가 지적인 성숙, 지식의 양, 신념의 측면
에서 자기들을 능가하는 양 전부 어린애 대하듯 깔보는 것
처럼, 또 자기들의 신념과 관심사를 뭔가 천박하게 여기는
것처럼 보였다(98쪽).

비운의 주인공 청년 라스콜리니코프를 묘사한 부분이다. 명문을 따라 쓰기로 한 우리는 이 부분을 자기 방식대로 다시 썼다. 소설 애호가 선화 님이 제일 먼저 발표했다.

———— 교회 일이라면 시간을 아끼지 않고 열심히 했고 그 덕분에 인정도 받았지만 아무도 그를 존경하지는 않았다. 그는 몹시 친절하면서도 왠지 다가가기 어렵다 싶을 만큼 경건하고 겸손했으며 세속적인 것에 병적인 결벽증을 가진 사람 같았다. 어떤 교인들에게는 그가 열정적인 봉사, 맡은 직분의 개수, 헌신의 측면에서 자기들을 넘어서는 양 전부 불신자 대하듯 비난하는 것처럼, 또 자기들의 신앙과 믿음 생활을 뭔가 부족하게 여기는 것처럼 보였다.

책벌레 인경 님의 글도 있었다. 라스콜리니코프와 '치킨집 사장님'의 매칭이라니 신선했다.

———— 치킨 튀기기라면 몸을 사리지 않고 열심히 했고 그 덕분에 돈도 많이 벌었지만 아무도 그를 존경하지는 않았다. 그는 몹시 구두쇠이면서도 지나치게 나부댄다 싶을 만

큼 가벼웠으며 아무것도 속에 담아두지 못하고 다 떠벌렸다. 어떤 이들에게는 그가 가게 운영, 수입, 인맥의 측면에서 자기들을 앞지른 양 전부 하찮은 사람 대하듯 깔보는 것처럼, 또 자기들의 일과 관심사를 뭔가 가치 없는 것으로 여기는 듯 보였다.

두 작문 외에도 원문을 응용한 기발한 문장이 많이 나왔다. 나는 진심으로 감탄했다. 이 짧은 분량 안에 각자가 살아내고 있는 인생의 단면들이 묘사된 것은 물론, 가치관까지 엿볼 수 있으니 말이다.

주인공 라스콜리니코프를 묘사한 도스토옙스키처럼 인물을 설정하고 상상하는 것은 문학을 읽는 또 하나의 접근법이다. 작가의 입장이 되어 인물을 써보는 신세계다. 때로 말이 아닌 글로 만나는 책 모임도 좋다. 말로 표현하지 못한 미세한 감정과 생각이 나무의 나이테처럼 촘촘하게 새겨진다. 책 모임만큼 글 모임이 많아졌으면 좋겠다. 우정의 또 다른 결을 만나고 싶다.

가치를 놓칠 뻔했던
모두의 그림책

책 모임에서 선정된 도서가 모두 운영자의 애정을 받는 것은 아니다. 운영자의 마음에 들지 않는 경우도 있다. 내게는 마거릿 와일드의 『여우』(파랑새, 2012)가 그런 예이다. 책 친구 은미 님의 추천으로 읽게 된 작품이다.

첫인상이 별로였다. 거칠고 상투적이라는 느낌이 들 뿐 매력이 크지 않았다. 은미 님이 토론한 그룹은 열광했다는 데 난 심심하게 느껴졌다. 아니, 좀 불편했다. 선악을 구분지어 편견을 심어준다는 생각을 지울 수 없었다. 내가 놓친 부분을 알고 싶어 이런저런 책 모임에 추천하기 시작했다. 운영자의 오해와 불안은 때로 책 모임 도서를 선정하는 데에 큰 영향을 미치기도 한다.

놀라운 일이 벌어졌다. 『여우』가 도착하는 곳마다 호평이 이어졌다. 회차를 거듭할수록 책의 다른 결이 보였다. 끝없는 상상을 일으키는 묘한 그림책이었다. 그림책에 나오는 까치, 개, 여우의 입장을 짚고 '산불'이라는 재해에 대해서도 깊이 생각해보게 되었다. 수많은 생명이 공존하는 숲. 그 안에서 살아가는 생명 사이에 얽힌 관계를 인간사에 빗대어 풀어낸 스토리텔링이었다. 화내는 사람도, 우는 이도 있었다.

30여 명의 책 친구들과 50개의 『여우』 논제를 만들었다. 질문이 늘어날수록 책의 가치도 커졌다.

—— 까치는 개의 등에 올라 매일 이곳저곳을 달리며 두 계절을 보냅니다. 어느 날 불쑥 찾아온 여우를 보며 '왠지 불안해 보이는' 눈빛을 느끼는 까치입니다. 까치는 개에게 "여우는 어디에도 속할 수 없는 애야"라고 합니다. 이어 "누구도 사랑하지 않아. 조심해"라고도 하는데요, 여러분은 이런 까치를 어떻게 보셨나요?

—— 개와 까치가 함께 지내던 동굴에 찾아온 여우. 개는 "어서 와. 우리와 함께 지내자"라며 여우를 반깁니다. 여우는 개 옆으로 다가가 "고마워. 너희가 달리는 걸 보았어. 정말 특별해 보이더라"고 합니다. 하지만 까치는 몸을 잔뜩 움츠리고 뒷걸음칩니다. 여우가 자신의 다친 날개를 뚫어지게 쳐다보고 있었기 때문입니다. 어느새 동굴 속은 여우의 냄새로 가득 찹니다. 여우의 두 눈을 크게 보여준 책은 "분노와 질투와 외로움의 냄새였지"라고 하는데요, 여러분은 여우의 어떤 감정을 크게 느끼셨나요?

—— 개가 없는 틈을 타 까치에게 다가온 여우. "하늘을 나는 게 어떤 건지 기억해?"라고 여우는 소곤거립니다. 하지만 까치는 흔들리지 않습니다. "진짜로 나는 것 말이야!" 여우의 말에 흔들렸음에도 말입니다. 까치는 이렇게 생각합니다.

'나는 절대로 개를 떠나지 않을 거야. 나는 개의 눈이고, 개는 나의 날개야.'

'이건 하늘을 나는 게 아니야. 하늘을 나는 건 절대로 이렇지 않아!'

여러분이 까치라면 어느 쪽에 더 가까운 생각을 했을까요?

모임에서 나온 몇 가지 질문들이었다. 개인사를 중구난
방으로 쏟아붓지 않고 인간의 보편적 감정을 깊이 들여다
보도록 이끄는 격이 높은 대화였다. 우리는 여러 질문으로,
논제로 토론을 계속했다.

"여우 안의 감정을 이해하면 할수록 연민이 커진다"는
수미 님은 『여우』를 인생 책으로 꼽았다. 아이들이 읽어
도 좋지만 성인 모임에서 함께 보면 좋겠다는 의견이 많았
다. 여러 분야의 인문교양서에 뒤지지 않을, 해석의 여지
가 많은 작품이란 평을 듣고 내가 받았던 첫인상이 떠올랐
다. 유아용 그림책으로만 봤다가, 작가의 세계관을 다각도
로 살펴보게 된 책이다. 글이 적은 그림책은 단순하게 읽
고 말 위험이 있다는 것도 깨달았다.

10분 만에 읽고 100분을 고민해야 하는 그림책도 있다.
『여우』는 몇 장의 그림과 몇 줄의 문장을 읽은 뒤 그 속에
숨어 있는 수많은 행간의 의미를 파악해야 하는 책이다.
색감이 너무 어두워 아이들은 싫어할 것 같다는 생각으로
어린이 독서를 막는 어른이 있다면 가정 방문이라도 해서

해줄 말이 있다. 6~7세 아이들의 『여우』 토론이 어떠했는 지를. 저마다의 이야기로 여우를 위로하고, 까치를 이해하고, 개를 보듬었던 아이들을 보며 난 『여우』의 끝없이 이어지는 진폭에 감동했다. 책 모임이 아니었다면 놓칠 뻔했던 『여우』는 모두의 그림책이다.

골방에서 나온
원시적 인간처럼

2015년 1월부터 이어온 모임 '서평독토'는 월 1회, 같은 책을 읽고 '서평을 가장한 독후감'을 써서 함께하는 자리다. 서로의 서평을 나누고 공감하는 모임이다. 연간 3~4회 저자를 초대해 만남의 자리를 갖는다. 김동식 작가의 단편집 『회색 인간』(요다, 2017)도 서평독토로 선정된 책이었고, 작가가 기꺼이 와주었다.

"첫 문장 쓰기가 두려워요." "사람들이 제 글을 평가할까 신경 쓰여요." 난 거의 매일, 이런 말을 듣고 산다. 글쓰기를 놀이처럼 해온 내 이야기를 들려줘도 믿는 이는 많지 않았다. 온라인을 출구로 삼아온 지 15년, 글쓰기가 날 구원했다. 글쓰기를 하며 살고 싶었지만 앞날이 막막했던 당시, 결국 답은 글쓰기에 있었다. 홈페이지와 블로그를 거쳐 책까지, 난 쉼 없이 썼다. 어릴 때부터 책을 좋아했던 난 쓸 이야기가 넘쳤지만, 쓰는 법을 배우지 못해 마음대로 쓰곤 했다. 출판 기자 생활을 하며 본격적으로 글쓰기를 배웠다. 기초적인 문법부터 다듬어야 하는 난 주눅 든 애송이 기자였지만 많은 글을 쓸 수 있어 행복했다. 파워블로거가 되면서 많은 독자들을 만나고 책을 썼다.

내 글을 읽고 기다리는 이들이 있다니, 열심히 쓰고 싶어졌다. 하지만 소설만은 풀리지 않았다. 소설은 내가 들어가기 가장 어려운 마을이다.

나와 김동식은 비슷한 이유로 글을 썼다. 동력은 댓글이었다. 내 글을 읽고 싶어 하는 사람이 있다는 것. 강력한 동기 부여였다. 나와 김동식 모두 그 재미로 썼으나 결정적 차이점이 있었다. 김동식은 독자를 위해, 난 내 만족으로 썼다. 김동식은 사람들이 재미있어할 이야기를 구상했지만, 난 생각을 풀어내는 데에 몰두했다.

그사이 김동식은 이야기꾼이 됐다. 1년 6개월간 김동식이 만들어낸 300편의 단편은 '어떻게 쓰면 사람들이 재미있게 읽을까?'로 고민한 놀이요 노동이었다. 김동식은 한 온라인 커뮤니티에 "재미있는 이야기를 올린 후엔 간격을 뒀다가 다음 글을 올렸다"고 했다. 독자들에게 조금 더 읽을 기회를 주고 싶었던 것이다. 반대로 재미없는 글 후엔 다음 소설을 빨리 올리기도 했다. 이전 이야기를 지워버리는 가장 좋은 방법이었다. 과정을 듣고 나니, 김동식이 저널리스트와 웹소설가 중간 어디쯤 있는 것 같다는 생각이 들었다. 커뮤니티 게시판은 그의 신문사요, 독자는 편집장이요, 소설은 하나의 기사가 아니었을까. 2~3일에 하나씩 단편을 올리고, 독자 반응을 살피며 김동식은 '인기 있는 이야기'의 속성을 알게 됐다. 그렇다고 독자 구미에 맞추려 애쓴 것은 아니다. 쓰고 싶은 이야기를 쓴 것뿐이다. 그는 말했다.

"네이버에 '글 잘 쓰는 법'이라고 쳐보기도 했지만 글쓰기를 배워본 적은 없어요. 영화를 좋아했지만, 책은 거의 읽어본 적이 없어요. 글을 어떻게 써야 하는지 몰랐기 때문에 그냥 쓰고 싶은 대로 썼어요. 잘 쓸 필요가 없었기 때문에 잘 쓰려고 한 적도 없어요."

2부 독서 토론, 서평 나눔이 이어져도 작가는 떠나지 않왔다. 한 팀 곁에 앉아 소감을 경청했다. 자기 작품에 대한 견해를 듣는다는 것, 작가로서 쉽지 않은 일이건만 김동식은 들었다. 독자 질문에 답하며 끝까지 자리를 지켰다. 함께 토론한 독자들은 매우 기뻐했다. 회원들이 쓴 '서평집' 선물에 작가는 "제 소설보다 훨씬 잘 쓰신 것 같다"며 말을 줄였다.

출간 3개월 만에 출판계 빅 이슈로 떠오른 작가 김동식. "사람 만날 일이 없었는데, 다양한 사람을 만나니 재미있는 것 같다"고 최근을 돌아보던 그에게서 내가 발견한 강점은 호기심이었다. 그는 우리를 신중히 관찰했다. 책 모임이 어떻게 운영되는지, 사람들은 어떻게 책을 읽고 느끼는지 지켜봤다. 마치 처음 골방에서 나온 원시적 인간처럼, 외로우면서도 경계하는 길고양이처럼 그는 서평독토라는 모임에 자기만의 속도로 착륙했다.

자기 글을
쓰고 싶다면

영화평론가 정성일의 추천으로 알게 된 비평가 하스미 시
게히코는 『영화의 맨살』(이모션북스, 2015)로 처음 접했다.
특유의 장문(한 문장의 끝은 어디인가!)과 연신 등장하는 영
화 제목과 장면 묘사의 나열(안 본 사람은 어쩌라고!), 우주
끝까지 날아갈 듯한 장대한 견해는 인내심 강한 독자라도
케이오시킬 만하다. 또한 시네필의 존재감을 의연히 보여
준 책이다. '도대체 밥 먹고 영화만 본 건가?'란 의문이 절
로 생기는 데다 '어떻게 이 많은 영화와 장면을 다 기억하
나?'라고 묻고 싶어지니 영화 비전공자들의 모임 책으로는
최악이라 할 수도 있다.

이 어마어마한 책을 비평 모임 도서로 정한 사악한 계기. 바로 내가 읽기 위해서다. 때로 어떤 필독서는 운영자의 탐욕으로 선정된다. 읽고 말겠다고 벼르던 책 앞에서 난 우울증에 걸린 듯 무력해지곤 했다. 회원들의 원성을 상상하고 긴장하며 모임에 갔다. 나와 원희 님처럼 영화에 미친 사람이 흔치 않기에 이번 책 선정은 바늘방석이었다. 원희 님과 함께 진행하는 모임이니 가보자는 생각으로 여기까지 왔다.

"어떻게…… 읽으셨어요?"

이 한마디가 이처럼 어려웠던 날이 또 있었을까. 예상대로 원성이 이어졌다.

"어려웠어요."

"뭘 읽고 있는지 모르겠던데요."

"문장이 너무 길어서 따라가기 힘듭니다."

"저자가 본 영화를 하나도 안 봐서 몰입이 안 되더라고요."

그런 중에도 "정말 대단한 인간" "나도 이처럼 영화에 미쳐보고 싶다"는 회원도 있어 숨통이 트였다. 어떤 평을 할지 기대했던 원희 님은 『영화의 맨살』이야말로 영화를

사랑하는 시네필이라면 몇 날 며칠이 걸리더라도 진지하
게 읽고 토론할 책이라고 했다. 원희 님은 담담한 어조로
한 작품에 대해 단순히 기록하는 것은 할 수 있지만, 영향
받는 것을 거부하는 듯한 주체적 시선으로 비평을 쓰기란
매우 어려운 일이라고 했다. 자기 글을 쓰고 싶다면 이 책
을 읽어야 한다고도 말했다. 오랜 시간 영화를 즐겨 본 시
네필다운 이야기였다.

　우리는 『영화의 맨살』을 여러 차례로 나눠 읽기로 했다.
두 번째 모임을 하는 날 난 진행자가 줄 수 있는 논제를 만
들어 참석했다. 조금이라도 이해를 돕기를 바라며 심사숙
고해 뽑은 질문들이다.

1. 책은 영화비평이나 이론이 아닌 작품 자체와 작가를
　 말하는 것에서 시작해야 한다고 밝힙니다. 바로 "비
　 평 체험으로서 '작품'을 사는 것에 의해 그 작품과의
　 조우를 가능하게 한 이 세계가 지금 무엇에 의해 범
　 해지고 있는가 그리고 범해진 세계가 그 범해진 모습
　 을 은폐하려고 무엇을 조직하려 하는가 하는 것을 삶
　 의 고통으로서 실감할 수 있기 때문"(83쪽)이라고 정

의하는데요, 여러분에게도 이런 영화 경험, 비평 체험
이 있었다면 소개해주세요.

2. 저자는 크레인에서 헬리콥터로 옮겨 온 촬영에 대
한 견해를 제시합니다. 이 모든 과정 중 중요한 지점
은 바로 '낙하'입니다. 책에 따르면 "영화에서의 낙
하의 주제는 참으로 이러한 시니컬한 방법을 총동
원하는 것에 의해 겨우 영상화할 수 있는 특권적 주
제"(107쪽)라고 합니다. 이를 물리적으로 말해보면
"카메라가 낙하하는 물체나 존재의 수직운동에 쫓
아갈 수 없으며 동시에 배우들을 위험에서 지킨다
는 윤리적인 한계가 거기에서 힘을 발휘하고 있기 때
문"(107쪽)입니다. 이를 가리켜 '영화의 취약성을 노
정하는 순간'이라는 표현도 씁니다. 여러분은 이 부
분을 어떻게 보셨나요.

3. 책에 따르면 "비평은 존재하지 않는다"라고 정의할
수 있습니다. 비평이란 '사건으로서 겪게 된 체험'이
기 때문이라는데요, '창조' '변화' '운동' '혁명'이란

표현은 비평을 설명할 수 있습니다. 이들의 공통점은 바로 '주체를 가지고 있지 않다는 점'(137쪽)입니다. 비평이란 사고에 있어서는 '잔혹하기 그지없는 한순간'(137쪽)이란 입장도 드러내는 책입니다. 지식은 우둔화되고, 비평이란 이 우둔한 잔혹함이 도량하는 "시간이라고 할 수 없는 시간이며 공간이라고 할 수 없는 공간의 체험에 다름 아니다"라는 정의를 내립니다. 이런 의미에서 비평은 '사랑'을 닮았다고 합니다. 여러분은 이 부분을 어떻게 보셨나요?

4. 저자가 꼽는 '진정으로 위대한 시네아스트'의 조건은 '희극영화 감독'입니다. 오즈 야스지로, 칼 테오도르 드레이어, 장 뤽 고다르, 히치콕을 인용하며 희극영화 만드는 감독들을 높이 평가합니다. 이런 저자의 견해를 어떻게 보셨나요?

5. 저자가 우려하는 것은 '비평가의 쓸모없어짐'입니다. 저자는 "이 쓸모없어진 비평가들은 대체 어찌해야만 하는 것일까?"(365쪽)라고 탄식합니다. 이어 "아무짝

에도 쓸모없는 비평가가 관객을 향해서 이 작품은 좋다는 등 나쁘다는 등 제멋대로의 판단을 내리는 것은 이제는 구원하기 어려울 정도로 시대에 뒤진 몸짓이 되어버렸다"(368쪽)라고 주장하는데요, 여러분은 이런 저자의 생각에 공감하시나요?

다양한 질문이 있으니 그나마 생각이 정리된다는 의견이 많았다. 내 욕심으로 많은 사람들이 읽기 힘들어할 책을 선정한 운영자로서 이 정도 질문으로 이해를 돕는 노력은 해야 했다. 비평을 '사랑'이라 보는 저자의 견해에 사람들은 공감했다. 몇 년간 꽂아뒀던 책을 읽게 되다니 꿈만 같았다. 내 지적 수준에 자괴감을 느끼며 포기했을 책인데 부드럽게 소화하고 있다.

물론 저자와 다른 의견도 있었다. 저자가 지목하는 '비평가의 쓸모없음'에 대해선 영화 매체에 실리는 판에 박힌 비평, 관객과 동떨어져 있는 독립잡지 비평 모두 와닿지 않는다는 의견이 나왔다. 진정 비평가의 자리가 좁아진 것이 매체의 변화나 대중의 잘못만인가, 비평가들의 글쓰기를 다시 이야기해야 하는 것은 아닌가 생각이 든다. 동시에 책이 말한 '쓸모없음'이 되어버린 게 어디 비평가뿐인가 싶기도 했다. 과거에는 인간의 삶에 큰 영향을 미쳤던 직업, 사물, 기술, 예술 분야가 시대 흐름에 따라 저평가되는 경우가 흔하다. 하스미 시게히코의 경고는 평단은 물론 우리 같은 보통 사람들도 함께 읽고 고민해야 할 점이 있다는 결론으로 모임을 마무리했다.

지금도 그를
기다린다

『아만자』(예담, 2015)는 스물여섯, 말기 암 환자의 이야기를 그린 다섯 권의 만화다. 평소 즐겨 보지 않는 만화를 추천해준 한 남자. 그의 열정적인 추천으로 난 책을 사서 끝까지 읽었다. 혼자 읽을 수 없는 책이었다. 모임을 하자고 했다. 그는 좋아했다.

다섯 명이 모였다. 서로를 잘 알지 못하는 사이지만 죽음과 질병이라는 이야기로 시간이 흐를수록 가까워지는 느낌이 들었다. 토론의 주제는 작가 김보통의 시선, 즉 초연한 삶의 태도가 어디에서 오는지, 였다. 이후 『아만자』를 추천한 남자에게 일어난 일들은 마치, 소설처럼 허구적이었다.

그의 아내가 아프다는 연락을 받고 하루를 멍하게 보냈다. 희귀 암이었다. 결혼한 지 얼마 안 된 부부가 어떻게 그 시간을 버텼는지 난 상상할 수 없다. 그가 여러 방면으로 병의 원인과 치료법을 알아본다는 이야기를 들었다. 그를 아끼던 회원들도 타들어가는 마음을 표현할 길 없었다. 『아만자』의 주인공을 볼 때마다, 그와 아내가 생각나 책장을 덮었다. 다행히, 수술이 잘되었고 회복 중이라는 연락을 받았다. 난 그 환영 같은 논픽션의 고통을 멀리서 볼 수밖에 없었다. 그가 책 모임에서 사라진 후에도 『아만자』를 지울 수 없었다.

다섯 권의 『아만자』를 나는 자주 토론하는 교실 한쪽 구석에 나란히 꽂아두었다. 그를 잊지 않기 위해서였다. 때로 어떤 책은 실제보다 더 현실적이다. 그 고단한 현실에 떨어진 희망의 밀알을 발견하는 것 또한 우리의 의무다. 난 지금도 그가 책 모임에 다시 올 순간을 기다린다. 이날 토론에서 오간 말들은 자세히 기록하지 못한다. 책과 현실의 틈이 너무 적어 기록하기가 버겁다. 그날의 말들이 현실이 될까 두렵다.

허접한 아이디어도
활력을 준다

어떤 모임은 광활한 우주로 나갈, 우주선의 출입구 같다. 서넛으로 시작한 『생각하고 소통하는 글쓰기』(김성수 외, 삼인, 2018) 스터디는 한두 명의 참가자가 우주를 열어 보인 사건이었다. 학부 교재처럼 보이는 글쓰기 책을 함께 읽자고 제안한 것 역시 나였다. 제대로 읽고 싶은데, 훑어보고 말까 두려웠다. 많은 글쓰기 책을 봤지만 이처럼 잘 짜인 매뉴얼은 오랜만이었다. 독학이 필요한 사람, 다양한 방식으로 써보고 싶은 이라면 누구나 필요한 책이었다. 하지만 글쓰기 책을 함께 읽겠다고 나설 사람이 있을까. 고민 끝에 블로그에 올렸다.

빠른 속도로 댓글이 달렸다. 각지에서 신청이 이어졌다. 책을 바로 준비하겠으니 꼭 초대해달라, 성실함의 끝을 보여주겠다부터 시작해 모든 일의 0순위에 이 모임을 올리고 치열하게 참여하겠다 같은 비장한 신청 사연도 있었다. 누구나 글쓰기를 잘하고 싶겠지. 하지만 혼자 공부하긴 어렵구나. 도움도 필요하고, 함께 공부할 사람도 있으면 좋고, 무엇보다 마감이 절실하다.

그룹 창이 활성화되자 수미 님이 "책에 실린 모든 작문을 완성해 책자 작업을 하자"며 열의를 보였다. 언제나 용감하고 집념을 불사르는 전사 타입이다. 100편의 서평을 쓴 진희 님도 거들었다. 글쓰기는 할수록 어렵다며 이번엔 기초를 제대로 다지고 싶다고 했다. 글쓰기 공부 8년 차 성윤 님은 독학 교재가 필요했다며 합류하겠다고 했다. 기초가 약하니 매번 같은 어려움을 겪는다고 했다.

무서운 열기였다. 내가 벌인 일이지만 잘 따라가지 못할까 두려워졌다. 스무 배 이상으로 커진 글쓰기 모임을 보며 언제나 새로운 기획이 필요하다는 생각을 했다. 책 모임 운영자들은 몇 차례 장벽과 마주하게 된다. 회원이 줄어든다, 의욕이 사라진 것 같다는 한탄에 휘둘린다! 그렇다면 다른 접근법이 필요하다. 운영법과 규모부터 달리하고 신규 회원들이 들어올 수 있도록 진입 장벽을 확 낮춘다. 기존 회원들의 매너리즘에 불씨를 당길 전사형 신규 회원들이 구원투수다.

　이제 왜 '내가 하는 책 모임은 다 단명할까요'라며 머리를 쥐어뜯지 말고 새로운 발상을 해보자. 허접한 아이디어라도 회원들에겐 활기가 된다. 우연한 기회로 나 역시 책 모임 운영자로서 많은 깨달음을 얻었다.

4장
·········

다시
시작하고 싶은
책 모임

책 모임 운영자는
북 가이드

잘 알려지지 않은 타국의 낯선 문화가 담긴 작품을 소개하는 날, 나는 여행 가이드가 된다. 새로운 여행지에 온 여행객을 관찰하는 가이드처럼 책 모임 회원들을 바라본다. 같은 여행지라도 사람마다 다르게 느끼듯, 한 권의 책에 대한 소감은 미세한 원자 기호처럼 잘게 쪼개진다. 존 쿳시의 장편소설 『추락』(동아일보사, 2004)은 오랫동안 책 모임에서 읽힌 번역 소설 중 한 작품이다.

"남아프리카공화국 작가는 처음이에요."

"인종 갈등이 너무 끔찍해요."

회원들은 낯선 역사에 관심을 보였다. 모임 후에는 존

쿳시 전작 읽기 모임이 만들어졌다. 인간의 복잡한 내면을 그려내는 작가의 필체와 냉철한 역사의식이 돋보인다는 팬이 등장했다. 『추락』 모임에 나온 영희 님은 "이런 작가도 모르고…… 헛살았네!"라며 책상을 두드렸다. 그녀는 책 모임을 즐기며 내공을 쌓고 있다. 오늘 그녀는 이런 논제를 만들었다.

—— 데이비드는 제자 멜라니에 의해 "교수한테 당한 성희롱 사건"으로 고발되어 대학을 떠났습니다. 그는 딸의 집에서 지내다 케이프타운으로 돌아오는 길에 멜라니의 아버지를 만나게 됩니다. 그는 자신의 추락을 인정하며 "어쩌면 가끔씩 추락하는 것도 우리에게 좋은 일인지도 모른다"고 말합니다. 여러분은 이 말을 어떻게 읽으셨나요?

여러 의견이 이어졌다. 주인공이 겪은 추락과 각자의 추락을 견주어보는 회원도 있었다. 모임에 처음 나온 수영 님은 "추락은 완전한 파멸이 아니며 어떤 추락은 낮은 비상일지도 모른다"는 의미심장한 말로 존재감을 드러냈다. 공무원 생활 12년 차 수영 님에게 책이란 위로와 평화다.

지역에서 예술 활동을 해온 희선 님의 질문은 섬세했다. 『추락』주인공 데이비드의 여러 입장을 다채롭게 짚었다. 에로스의 노예였던 데이비드, 풍부해졌던 데이비드, 욕망의 권리를 말했던 데이비드를 교차시킨 논제로 관심을 모았다.

—— 소설 속에서 데이비드 스스로 멜라니와의 관계에 대하여 다른 사람들에게 설명하는 장면이 여러 번 등장합니다. 처음 징계위원회에서 그는 자신이 '에로스의 노예'가 되었다고 고백합니다. 기자들 무리의 질문에는 그 일을 통해 '풍부해졌다'고 답을 하고, 딸인 루스와 대화할 때는 '욕망의 권리'였다고 말합니다. 그리고 멜라니의 아버지 아이삭스 씨를 찾아가서는 "(그 애는) 정말로 진정한 불"(252쪽)이었다고 말합니다. 여러분은 이런 데이비드의 행동을 어떻게 보셨나요?

갑론을박이 이어졌다. 데이비드를 부정적으로 보는 이도 있었고, 그의 언행을 이해하고 옹호하는 혹은 측은해하는 이도 있었다. 같은 여행지에서도 각자 마음에 담는 풍경이 다르듯 다양한 의견이 오갔다. 좋은 질문들이 여러 겹으로 이루어진 식빵의 결처럼 이어지며 사고와 사색과 사유의 잼까지 곁들인 토론 테이블이 되었다.

부산에서 서울까지 토론하러 오는 희영 님도 질문을 꺼냈다. 시 「서곡」에 대한 질문이었다. 지나치면 아쉬울 물음표였다.

—— 소설 속 주인공 데이비드는 케이프타운 전문대학 커뮤니케이션학과 부교수입니다. 어느 날, 그는 수업 시간에 워즈워스의 시 「서곡」에 대해 이야기합니다. 알프스 산에 간 시인이 몽블랑 정상의 봉우리를 본 후 "살아 있는 생각을 침해하는 영혼 없는 이미지"(35쪽)라고 슬퍼한 대목과 관련지으며, 데이비드는 "마음속의 위대한 원형들과 순수한 생각들이 단순한 감각적 이미지에 찬탈당하는 것이다"(37쪽)라고 해석합니다. 이어 시각적 이미지(리얼리티)와 순수한 관념(상상력)이 공존할 수 있는 길을 찾을 수 있는지가 문제라고 말하는데요, 여러분은 이 장면을 어떻게 보셨나요?

희영 님 질문에 쏟아지는 이야기들을 천천히 받아 적었다. 듣고 이야기하는 시간이 무척이나 소중했다. 특히 희영 님처럼 먼 걸음 하는 회원을 보면 책임감이 커진다. 부산 독서 토론 인구를 늘려보겠다는 그녀를 응원하게 된다. 회원들은 빵으로 점심을 때우며 스터디에 몰입했다.

존 쿳시를 알리고 오는 길, 형언하기 어려운 뿌듯함이 밀려왔다. 이 책을 읽지 않은 사람들의 집 앞에 『추락』을 놓고 다니고 싶은 마음이 사그라들지 않는다.

책의 유일한
단점

성석제 작가 전작 읽기 모임을 시작했다. 애독자와 초보자들이 섞였다. 취향과 수준이 달라 목록을 정하기 어려웠다. 내 욕심부터 채우겠다며 골랐다. 성석제 팬인 나도 읽지 못한 책이 많다. 다작하는 편인 데다 개정판도 적지 않아 놓친 작품이 쌓였다. 이번이 기회다. 다 읽고 말 테다. 완독 욕심에 불타 필독서 목록을 만들었다. 믿고 사는 보증 수표 작가니 읽지 않은 책도 뽑을 수 있다. 크게 불안하지는 않다.

물론, 권할 만한 선정 방식은 아니다. 운영자라면 함께 읽을 책을 알아야 한다. 정독은 못 해도 함께 읽을 가치가 있는지 점검해야 한다. 운영자가 확신할 수 없다면 보류해도 좋다.

한 책 모임에서 겪은 일이다. 그날 함께 읽기로 한 책은 읽는 내내 실망스러웠다. 당연히 모임에 가기 전부터 몸이 쑤셨다. 가기 싫다. 가야 하나. 가서 뭐라고 하나 온갖 괴로움에 시달리다 약속만은 지켜야 한다며 참석했다. 내 감정을 숨긴 채 미소 띤 표정으로 추천자에게 선정 이유를 물었다. 의외의 답이 돌아와 멍해졌다.

"누가 읽고 있는데 좋아 보여서요."

난 말을 잃었다. 읽지도 않고, 좋아 보여 추천했다니. 회원들의 얼굴에 먹구름이 끼었다. 악평이 시작됐다. 스스로는 절대 안 읽을 책이다, 이렇게 안 넘어간 책은 처음이다! 추천자 역시 후회했다고 했다.

처음으로 읽은 시간을 보상받고 싶은 마음이 들었다. 책을 주문하고 읽고 정리하느라 보낸 시간이 아까웠다. 운영자라면 "이 모임 아니었으면 못 읽었을 책"이라는 만족을 목표로 책 선정에 신중해야 한다. 드라마 조기 종영처럼 일찍 끝난 모임이 되어버렸다.

나는 충분히 살펴보거나 잘 아는 책을 고르는 안정형 진행자에 속한다. 어떤 책을 읽어도 좋다는 '너그러이파'도 있지만 읽기 자체가 시간 낭비였다며 화내는 '불화살파'도 있으니 책 추천은 쉬운 일이 아니다. 그럼에도 성석제 전작 읽기는 자신이 있었다. 그의 작품이라면 무엇이든 "추천한 것을 후회했다"는 말을 꺼내게 하지 않으리라는 것을 알기에.

성석제 전작 읽기는 초기엔 다소 쉬운 작품으로 하고, 갈수록 무게감이 있는 방향으로 했다. 전작 읽기 회원을 모집하고 싶은 마음을 진정시키며 이렇게 올렸다.

1회는 성석제의 일곱 번째 산문집 『꾸들꾸들 물고기 씨, 어딜 가시나요?』, 2회는 첫 소설집 『첫사랑』, 3회는 엽편소설 모음집 『사랑하는, 너무도 사랑하는』, 4회는 단편 모음집 『황만근은 이렇게 말했다』, 5회는 첫 중편소설 『호랑이를 봤다』, 6회는 첫 장편소설 『왕을 찾아서』, 7회는 시골 마을에 일어나는 소동극 『위풍당당』이었다.

그냥 나열인 듯하지만 이 목록을 구성하는 데에 일주일이 걸렸다. 자연히 다음 기획이 두려워졌다. 책 읽기를 0순위에 두고 살아온 나도 못 읽은 책이 태산 같은데, 이제 책과 친해진 사람들은 얼마나 조급할까. 책의 유일한 단점은 너무 많다는 것이다. 물론 그 망망대해에 빠질 수 있어 행복한 순간이 더욱 많다. 설렘과 부담 사이를 오가는 책 모임 진행자의 하루가 저문다.

이 묵직한 전작 읽기 모임에 신청한 사람이 열한 명이나 되었다. 어떻게든 전부 읽어보고 싶다며 열의를 보였다. 매주 한 번씩 온라인으로 만남을 갖고, 책에 대한 다양한 이야기를 나눴다. 작품마다 호불호가 나뉘었지만, 산문의 경우 전원 기립 박수가 나올 만큼 인기를 끌었다. 한 작가를 제대로 알렸다는 뿌듯함에 즐겁게 진행했다.

나는 지금도 전작 읽기로 홍보(?)할 작가를 찾고 있다. 소설집, 장편소설, 산문까지 고루 쓴 작가면 더 좋다. 독자들에게 다양한 면을 보일 수 있는 자리에 전작 읽기를 하기에 좋은 작가가 있다면 언제나 추천받고 싶다.

자기 검열로
힘들어질 때면

"내가 가장 재미있게 읽은 소설이다."

서경식 교수의 추천사를 읽고 나탈리아 긴츠부르그의
소설 『가족어 사전』(돌베개, 2016)을 주문했다. 책 표지와
뒷날개를 보자마자 반했다. '나탈리아, 레오네, 주세페, 리
디아, 지노, 피에라, 파올라, 아드리아노, 로베르토, 마리오,
잔 모딜리아니, 알베르토, 미란다, 잔카를로 파예타, 비토
리오 포아, 시온 세그레, 줄리오 에이나우디, 체사레 파베
세, 체사레, 드루실라, 실비오' 모두 스물한 명의 이름. 작
가의 가족들이라니 놀라웠다. '남편, 아버지, 어머니, 큰오
빠, 큰올케, 언니, 큰오빠의 친구의 형부, 언니 아들, 둘째

오빠 전 아내, 셋째 오빠, 작은올케, 셋째 오빠 친구, 남편 친구, 삼촌, 이모, 외삼촌' 이들과 작가와의 관계가 쓰여 있었다. 이 책은 팩트를 기반으로 쓴 소설이다. 책 모임을 하겠다는 열의에 불타 밤새 읽고 공지를 올렸다. 나의 홍보에 휘말린 사람들은 이런 작가가 있었냐며 반겼다.

신나게 모임에 나갔다. 분량, 가독성, 내용, 작품성 등 모든 면에서 부족한 점이 크게 보이지 않아 신나는 발걸음이었다. 소소한 간식을 준비하고 사람들을 기다렸다. 하나둘 자리에 앉기 시작하며 담소가 이어졌다. 가족사를 소설로 쓰다니 놀랍다는 감탄이 들렸다. 진행자 자리를 벗어나 회원 주변을 맴돌며 수다에 참여하고 싶지만 망부석처럼 앉아 있었다. 모임 시작 전에 수다 삼매경에 빠지면, 치우친 진행을 할 수도 있다는 걱정이 든다. '다른 의견을 가진 회원들이 오고 있는지도 몰라' 같은 조심성으로 난 입도 뻥긋하지 않고 책장만 넘겨보고 있었다.

나도 그런 날이 있었다. 모임에 조금 늦던 날. 일찍 온 회원들과 운영자가 마치 한 몸처럼 비슷한 시각으로 이야기할 책을 칭찬하고 있었다. 나만 잘못 읽었구나 싶었다. 별 하나라도 빼면 이상한 눈초리로 처다볼 것 같은 두려움에 듣기만 했다. 나와 다른 의견을 들어 좋았지만, 내 생각은 말하지 못했다. 나처럼 읽은 사람은 없을까? 막연한 기분을 달래려 여러 서평을 찾아봤다. 작은 경험을 일반화하려는 자기 검열인지, 책 모임 운영자의 팔자인지. 난 어쨌든 회원으로서의 경험을 잊지 못한다. 트라우마인가, 망상인가. 어느 쪽이든 오늘의 난 어제로부터 시작된 존재이니, 내일의 책 모임을 위해 지금 열심히 하기로 한다.

호불호를 예측하기 힘든 은희 님이 별점을 발표했다.

"저는 만점을 주고 싶지만…… (잠시 침묵) 나라면 이렇게 쓸 수 있을까라는 생각에 빠지면서 읽기 힘든 부분도 많아 별 다섯 개 중 세 개 반입니다."

나는 조금 더 이야기를 듣고 싶어졌다.

"그쵸, 어떻게 이런 내용까지 썼을까란 의문이 드는 부분도 있는데요, 특히 읽기 힘든 곳이 있다면요?"

은희 님이 긴장할까 봐 부드럽게 물었다. 아쉽게도 핀트가 어긋났다. 무슨 답이든 척척 해낼 것 같던 은희 님이 얼굴을 붉히며 "아 아직 정리를 못해서……"라며 날 두 번 좌절시킨다. 이럴 때는 또 회원을 다그친 진행자로 비칠까 봐 걱정이다. 그래도 자신감을 잃지 않기 위해 심호흡을 했다. "네 천천히 들려주셔도 됩니다"라는 내 말이 끝나자 공감의 여왕 미온 님이 나섰다.

"저도 그렇긴 했지만 소설이라는 생각으로 읽으니 너무 재미있었어요."

덕분에 분위기가 상승되었다. 미온 님의 별점은 무려 네 개 반. 만점에 가까운 호평이었다.

"이탈리아의 역사를 풀어내며 각 개인의 이야기까지 버무려낸 필력이 대단했어요. 이 모임 아니었으면 절대 못 읽었을 책이에요. 글쓰기에 자신이 없지만 가족사를 써보고 싶었는데 용기가 났어요."

소설과 친하지 않은 병희 님도 긍정적인 소감을 발표했다.

"초반엔 몰입하기 힘들었고 등장인물이 많아 헷갈렸지만 뒤로 갈수록 재미있게 읽히더라고요."

병희 님의 문학 알레르기도 꽤 호전된 모양이었다. 책 모임을 하다 보면 주로 문학과 비문학 애호가들이 섞이는데, 손 안 가던 책을 읽었다는 만족감이 양쪽에서 나오곤 한다. 서로의 취향을 존중하며 정겹게 서로에게 물든다.

『가족어 사전』을 픽션과 논픽션 중 어느 쪽으로 읽을지는 독자의 몫이다. 누구에게나 가족사가 있으니 역사를 재구성할 소스는 충분하다고 작가는 이야기한다. 내 이야기를 쓸 때마다 자기 검열에 시달리는 독자라면 꼭 읽어야 할 책이다.

등장인물의 이름도 실제 그대로다. "무심코 가공의 이야기를 쓸 때마다 나 자신이 그걸 용납하기 힘들었기 때문"이라는 작가의 말처럼, 나도 이 모임에 참여한 사람들을 하나하나 호명하고 싶어진다. 병희 님, 미온 님, 은희 님 자기 이야기를 쓰기 힘들어질 때면 우리 모두 『가족어 사전』을 떠올리기로 해요. 실명을 쓰진 못해도, 가족의 이야기를 쓸 권리가 우리에게도 있다는 걸 배웠잖아요.

다시 시작하고 싶은 책 모임

세월호를 잊지 않으려면, 역사를 읽어야 한다는 생각에 『죽음을 넘어 시대의 어둠을 넘어』(창비, 2017)를 함께 읽기로 했다. 1980년 5월 광주 민주화 운동을 기록한 책으로, 최초의 체계적 기록이라는 평가를 받는 스테디셀러다.

이 책 외에도 세 권의 책을 더한 '정의로운 책 읽기'라는 온라인 책 모임에 다양한 사람이 모였다. 학생, 직장인, 교사, 학부모, 프리랜서…… 10대부터 50대까지 연령과 성별도 달라 더욱 반가웠다. 모임에 온 한 교사는 "첫 모임부터 참석하지 못해 아쉬워 열리기만을 기다렸다"고 했다. 고등학생 자녀를 둔 그녀는 세월호를 보며 무력감에 시달리

다 한 독서 모임에서 깨어 버티는 것이 중요하다는 사실을
깨달았다는 말을 보태기도 했다. 경주에 살지만 온라인 책
모임이니 참여할 수 있어 좋다던 그녀는 가방에 달린 노란
리본 사진을 올렸다. 그날 읽은 범위 중 밑줄을 골라 올리
고, 소소한 단상을 보태는 30일 읽기 모임이 시작됐다. 권
별로 한 달씩 읽기로 한 것이다.

'정의로운 책 읽기' 목록이다.

1. 『세월호, 그날의 기록』(진실의 힘 세월호 기록팀, 진실의
   힘, 2016)

2. 『6월 항쟁』(서중석, 돌베개, 2011)

3. 『사법부』(한홍구, 돌베개, 2016)

4. 『죽음을 넘어 시대의 어둠을 넘어』(황석영 외, 창비,
   2017)

모임을 시작하며 홀로 조용히 기원했다. 때로 외면하고
싶을 만큼 고통스러운 기록이라 하더라도 정면으로 읽어
낼 것. 그래서 기억해야 할 것들을 기억하는 사람이 될 것.

멀게만 느껴지는 고전도
함께 읽는다면

―― "나는 지금껏 살아오면서 날마다 내 가슴을 치며 개과천선하리라고 다짐하고서도 날마다 한결같이 추잡한 짓을 저질렀습니다. 나 같은 놈들은 한 방 맞아야, 운명으로부터 호되게 한 방 얻어맞아야 된다는 걸 이제야 알겠습니다. 올가미로 탁 낚아채서 외부의 힘으로 꽁꽁 묶어 놔야 된다는 걸. 절대로, 절대로 나 혼자 힘으론 일어날 수 없을 테니까요! 그런데 마침 벼락이 떨어진 겁니다. 나더러 죄를 지었다며 온 세상 사람들이 손가락질을 해도 그 고통과 치욕을 감내할 것이며, 또 고통받고 싶고 고통을 통해 정화될 겁니다! (중략) 내 아버지의 피에 대해선 무죄입

니다! 처벌을 달게 받겠다는 것은 아버지를 죽였기 때문이 아니라, 죽이고 싶었으며 어쩌면 정말로 죽였을지도 모르기 때문입니다"(『카라마조프 가의 형제들』 2권, 민음사, 2012, 474쪽).

　글 모임 '도스토옙스키처럼 쓰기'에서 『카라마조프 가의 형제들』 2권을 함께 읽었다. 오늘처럼 버거운(?) 책으로 모임 하는 날에는 기대치를 확 낮춘다. 아무리 좋아하는 작가라도 자신감이 떨어지기 때문이다. 나는 기억력 좋은 진행자가 아니라 혹여 엉뚱한 말을 할까 긴장한다. 이런 날은 묵언 수행에 가까운 진행도 괜찮다. 완독자는 딱 절반이었다.

　다 읽지 못하고 온 정이 님이 눈물을 흘려 당황했다. 세상만사 귀찮지만 책 읽기만은 좋다던 그녀가 웬일로 못 읽고 왔을까 캐묻지 않았다. 못 읽은 안타까움은 본인이 가장 크니까. 그녀가 공감한 부분은 아버지를 살해한 죄로 갇힌 아들 미챠의 절규였다. 아버지를 죽이고 싶었다는, 어쩌면 정말로 죽였을지도 모른다는 아들의 호소를 비난할수 없었다, 마음이 아프다며 정이 님은 눈물을 닦았다. 죽은 아버지와의 불화가 떠오르고, 미챠 같은 마음이 들 때마다 죄책감을 느껴 교회를 찾았다는 그녀의 말에 잠시 침묵이 흘렀다. "제 수준에 도스토옙스키는 좀 어려워 다 못 읽겠지만 오늘 이야기 나온 부분은 꼭 볼게요."

정이 님 이야기를 듣던 진철 님이 손을 들었다. 하고 싶은 말이 있다는 사인이다. 정신 바짝 차리자. 시작은 있고 끝은 없는 진철 님의 오리무중 말하기. 꾸준히 나오고 손도 드니 고마운 회원이다. 그는 도스토옙스키를 비판했던 작가 나보코프 책을 꺼냈다. 역시 자료가 있어야 말이 풀리는 걸까. 오늘은 차분히 풀어나갔다. 진철 님이 소개한 책은 『나보코프의 러시아 문학 강의』(을유문화사, 2012)였다. 책까지 가져온 저 치밀함이란. 진철 님은 "톨스토이를 예찬하고 도스토옙스키를 비판하는 작가 나보코프"라고 말했다. 순간 명랑 님이 "어떻게 비판하는데요?"라고 묻자 진철 님의 얼굴에서 핏기가 사라졌다. 그리고 이어지는 진철 님의 침묵. 올 것이 오고 말았다. 필름이 끊겼다. 다시 조기 종영이다. 명랑 님 입에 마스크라도 채워야 했던 걸까. 말을 잇지 못하는 진철 님을 보다 못한 난 "저도 읽었는데 쉽지 않은 책이라, 각자 참고만 해요. 비판은 충분히 읽은

후 해도 되고요"라며 정리했다. 진철 님은 난감해하는 표정
으로 나를 바라봤다. 명랑 님이 더 묻지 않아 다행이었다.

———— 내가 진실로 진실로 너희에게 말한다. 밀알 하나가
땅에 떨어져 죽지 않으면 한 알 그대로 남고, 죽으면 많은
열매를 맺는다(「요한복음」 12:24).

『카라마조프 가의 형제들』 2권에 나오는 「요한복음」 구
절에 대해서도 많은 이야기가 나왔다. 작가가 말하려는
'피의 대서사'라는 의견도 있었다. 「요한복음」의 '밀알'은
카라마조프 가의 형제들을 은유한 묘사이며, 형제들의 숙
명은 밀알처럼 남거나 죽어 사라지거나 어떤 열매들로 이
어진다는 것이다. 그 열매는 그들을 다시 죽일 수도, 살릴
수도 있는 피의 증거였다는 해석에 밑줄 긋고 싶었다. 회
원들은 "인간이 쓴 소설이라 믿기 어려운 천재의 소설"이
라며 칭찬을 아끼지 않았다. 읽다 만 회원들은 완독 의지
를 다지고, 『죄와 벌』 모임도 만들어졌다. 멀게만 느껴지는
고전도 함께 읽기로 넘어설 수 있다. 고전의 참맛을 느낀
멋진 모임이었다.

우리 같은
사람

새벽 3시였다. 나는 울고 있었다. 권여선 단편 「봄밤」(『안녕 주정뱅이』, 창비, 2016)의 페이지들이 눈물로 얼룩졌다. 지고지순한 사랑을 그린 전형적인 멜로의 틀에 독자적인 인간관계를 구축한 놀라운 소설이었다. 이 짧은 단편은 알코올 의존증이 있는 영경과 류머티즘을 앓고 있는 수환의 이야기다. 죽음을 목전에 둔 남녀의 이야기를 담담하게 써 내려간 문장 하나하나가 가슴속으로 파고들었다. 연기처럼 사라진 수환의 자리를 차마 볼 수 없어 책을 덮었다. 난 「봄밤」을 좋아하는 사람들과 책 모임을 하고 싶다는 이야기를 퍼뜨리고 다녔다. "「봄밤」 좋아하신다고 해서요"라는 누군가의 연락을 애타게 기다리며. 그러다 갤러리를 운영하는 지희 님을 만났다. 그녀가 먼저 꺼낸 「봄밤」 이야기에 시간 가는 줄 모르고 떠들었다. 그녀에게 재미있는 이야기를 들었다.

"제가 하도 우니까 남편이 궁금하다면서 가져가서 읽더니 다음 날 물어봐요. 도대체 어디서 운 거야?"

지희 님은 남편에게 아무런 말도 할 수 없었다. 공감받길 기대하진 않았지만, 캐묻는 태도는 반전이었다고. 같이 산 20년이 무상하다며 그녀는 허전하다고 했다. 옆에 있던 미온 님이 웃으며 말했다.

"남편에게 그런 공감을 기대한 것부터가 잘못이지."

생활 공동체 일원이지 책 친구는 아니니, 애초 그런 기대는 접으라고도 했다. 물론 미온 님도 「봄밤」의 팬이었다. 너무 좋아하는 단편이라 독후감까지 썼다며 블로그 주소를 링크해줬다. 감정 과잉이 하늘을 찌르는 글이다. 아마 나도 새벽에 썼다면 저 글 이상이었겠지. 어떻게 반응해야 할지 난감해하다 이렇게 말했다.

"「봄밤」은 읽자마자 쓰면 위험한 글이에요. 감정을 추스를 수가 없어."

지희 님도 미온 님도 그렇다며 고개를 끄덕인다.

"우리 두 명만 더 모아서 「봄밤」 모임 할까요?"

두 명이라니 쉬운 인원은 아니다. 많지도 적지도 않은 두 명을 어디서 찾을까. 각자 찾아보고, 사람을 구하면 다시 접속하자며 각오를 다졌다. 미온 님은 영화로 만들면 좋겠다며 눈물을 글썽였다. 이에 지희 님이 "좀 어둡고 우울하지 않을까. 우리 같은 사람들이나 보지"라고 답했다. '우리 같은 사람'은 어떤 사람들일까. 공감에 목마르거나, 감정 과잉 상태로 소설을 탐닉하거나, 자아가 비대해진 독자일까. 어쨌든 영화로 나온다면 보겠지만, 내가 제작자나 투자자라면 불안하겠다는 이야기로 흘러갔다.

「봄밤」의 영경과 수환은 재혼으로 만났다. 12년간 함께 살았는데, 유일하게 떨어져 살아본 시기는 수환이 지방 요양원에 있던 두 달뿐이었다. 영경은 아파트를 반전세로 놓고 받은 보증금으로 수환이 있는 요양원으로 들어간다. 어떤 독자는 둘을 동반 자살의 동행자로 본다. 죽어가는 상대를 보며 나의 죽음을 감지하면서도 사랑을 믿는 이가 얼마나 있을까. 「봄밤」은 그 희소한 사랑을 믿는 독자에게 단비 같은 작품임에 틀림없다. 아직 「봄밤」 5인 책 모임을 하

지 못해 한이 맺힌 난 다시 첫 장을 펴서 읽는다. 어디 있나
요, 나와 「봄밤」을 읽으며 함께 슬퍼할 친구들.

글쓰기로
구원받은 사람

유명 평론가 중 몇몇은 별점을 책을 평가하는 도구, 요식
행위로 보며 불편해한다. 별점을 주면 그 작품에 선입견
을 새길 수 있고, 또 하나의 권위가 된다는 시선에 나도 공
감한다. 그러나 작품을 많이 접해보지 않은 사람은 싫다
는 감정을 잘 꺼내지 못한다. 아직 많이 읽거나, 보지 않았
는데 제가 몰라서 그럴 수도 있어서라며 얼버무린다. 그럴
때 어떤 별점이든 좋으니, 자신만의 별점을 주자고 하면
정리를 한다. 그 별점을 논증하면 작은 비평이 된다고 설
명하면 이해가 빠르다. 별점은 누군가에겐 자기를 드러내
는 '표정'이 되는 셈이다.

내가 추천하거나 선정한 책이 높은 별점을 받으면 좋아서 어쩔 줄 모르지만, 나쁜 점수를 받았다고 해서 그 기분을 그대로 표현할 수도 없다. 운영자란 모름지기 평심 유지를 기본 자질로 해야 하니까.

그렇지만, 그렇지만!

내가 추천한 책이 사랑받으면 춤이라도 추고 싶어진다. 미치도록 뿌듯해진다고 해야 하나. 올리버 색스 자서전 『온 더 무브』(알마, 2017)가 바로 그런 책이었다. 회원 절반이 5점 만점을 줬다. 일대일로 연락해 "이 책 정말 좋으니 읽고 모이자"고 유혹한 회원들이라 더욱 특별한 모임이었다.

484쪽이나 되는 자서전이니 부담된다고 발을 빼도 된다고, 전혀 상처받지 않으니 거절해도 된다고 말하는 내게 사람들은 "책 읽히는 기술도 이젠 장인이 다 됐다"며 배꼽을 잡았다. 무참히 짓밟힌 내 진심이여. 어쨌든 난 이 작가를 소개하는 자신감에 불타올랐고 『온 더 무브』를 토론할 수 있다면 무슨 일이라도 할 기세였다. 마침내 그 소원이 이루어졌다.

《뉴욕 타임스》가 '의학계의 계관시인'이라 부른 신경전문의 올리버 색스는 독자들에게 사랑받은 인기 작가이기도 했다. 과학 저술가에게 수여하는 '루이스 토마스 상'을 받았고 옥스퍼드 대학교를 비롯한 여러 대학에서 명예박사 학위도 받았다. 2015년 안암眼癌이 간으로 전이되며 82세에 세상을 떠났다.

『온 더 무브』를 읽고 올리버 색스에게 반했다며, 글쓰기로 구원받은 사람의 이야기를 처음 봤다는 의견이 많았다. 그 어떤 글쓰기 책보다 강력한 동기 부여를 받았다는 것이다. 글쓰기를 간단한 메모나 기록, 의무로 해온 사람이라면 올리버 색스의 이야기가 놀랍게 다가갈 수 있다. 아주 가끔 모임에서 만난 은영 님이 오랜만에 참석해 묵은 감정을 쏟아냈다. 그녀는 "좋아하는 일을 하고 싶어서 남들 부러워하는 직장도 그만두고 책 읽고 있지만 돈을 못 번다는 자괴감에 시달렸는데, 이 책 읽고 그런 감정이 다 사라졌어요"라며 나지막한 목소리로 이야기를 이어갔다. 올리버 색스처럼 몰입했는지, 일체감을 느꼈는지 살펴보지도 않은 채 부러워만 했던 자신이 보였다고 했다. 이제 가야 할 길을 찾아야 하고, 책 밖으로 벗어나고 싶을 때마다 이 책을 생각하겠다는 다짐도 했다. 역시 자서전 모임의 힘이다.

다양한 이야기가 나왔다. 삶의 방향에 대해 말하며, 태도를 조금씩 바꿔가고 싶다고 했다. 할 수만 있다면, 모든 에너지를 소진하듯 최선을 다하며 살고 싶다고 했다.

자주 하고 싶은 모임 자서전 북클럽. 방대한 분량 때문인지, 자신을 미화시킨 기록이라는 의심 때문인지 사람이 잘 모이지 않는다. 참여한 사람들의 만족도는 높은데 말이다. 몇 명이 모이더라도 또 자서전 모임을 열어야겠다. 자서전을 함께 읽고 싶은 사람들이 있다면 어디라도 찾아가고 싶다.

고맙고 또
고마운 사람들

—— 멋모르는 사람은 그 신성한 장소에서 똥깐이라는 말을 지겹도록 듣고 보다가 방뇨나 방분의 충동을 느끼기 마련이었다. 그걸 실천에 옮기다가 벼락에 맞아 제가 싼 똥을 깔고 죽은 사람이 생긴 이후에는 누구도 감히 그렇게 할 생각을 하지 못했다. 멀지 않은 곳에 이동식 화장실이 생긴 것은 똥깐이 죽은 뒤 이십 년 만의 일이었다"(「조동관 약전」, 『첫사랑』, 성석제, 문학동네, 2016, 70쪽).

역시 성석제의 문장은 생생하다. 다큐멘터리 이상이다.

나는 오늘도 책 모음에 산다

똥간에서 죽은 똥깐이라니. 아이러니한 운명을 해학적으로 그려내려는 작가의 의도가 한눈에 읽힌다.

한 시간 내내 "성석제 만세" "성석제 천재" "닥치고 성석제"를 외친 모임이었다. 『첫사랑』은 내가 지지한 작품집 중 하나다. 여느 책 모임과 다르게 내 의견을 열정적으로 쏟아내기도 했다. 그래서인지 이날 토론에 나온 회원들의 의견이 잘 기억나지 않는다. 그만큼 책에 과몰입한 상태였던 불량 진행이었다. 하지만 행복했다. 내가 모임에서 쏟아낸 말들이다.

- 처절히 실패한 듯 보이는 인생의 '진짜 승리'를 보여주는 위대한 작가 성석제.
- 이 세상이 얼마나 '가짜 승리'에 미쳐 날뛰는지 작가는 매섭게 노려본다.
- 김영하나 김훈 같은 작가들의 세계는 자신과 타인을 완벽히 분리하고 혐오하고 고립시키는데 성석제는 인간과 인간을 반드시 어떤 식으로든 이어간다.
- 성석제 세계관 안에서 불교의 흔적이 읽힌다. 똥깐은 죽고 없지만 똥깐의 삶이 이후의 삶으로 어떤 식으로든 연

결되고 영향을 준다.

– 그 작품의 주인공이 세상의 모든 인간을 지구만 한 지우
개로 지워버리고 우주 공간에 홀로 남는다.

– 그 남은 마지막 인물, 성석제의 주인공에게 투사된 모든
속성이 페이소스의 총체가 아닌가.

회원들에겐 미안하기도 하다. 너무 내 이야기를 한 건
아닐까. 혹시 내 발언에 영향을 받거나 눌려서 말을 못 한
사람은 없을까. 작가와 책을 사랑하는 그들이기에 운영자
의 마음을 이해해주리라 믿는다. 얼마나 말을 하고 싶었으
면 저러겠나라는 시선도 괜찮다. 사실이니까. 성석제 작품
집을 함께 읽고 내 이야기를 들어준 관대한 회원들, 복 받
으세요.

네 덕에
읽어서 좋아

작가 이언 매큐언을 좋아하지만, 그의 단편을 깊이 토론한 적은 없었다. 그의 단편으로 토론할 날을 매우 기다렸다. 함께 진행하는 P는 문학 애호가다. 한겨레문화센터에서 글쓰기를 강의할 적 나를 찾아온 그와 교류하며 많은 작품을 읽었다. 10대 후반부터 문학평론가 신형철에게 반해 수많은 작품을 쉼 없이 읽어왔다. 특히 함께 학습 모임을 운영할 때 신선한 작품을 소개해주니 든든한 파트너다. 때론 난 저 나이에 무엇을 읽었나 싶지만 이제라도 그를 만난 것에 감사하며 다시 마음을 다잡는다.

이언 매큐언 팬이라고 말하기 부끄러웠다.

『첫사랑, 마지막 의식』(한겨레출판, 2018)이란 책은 처음이었기에.

단편 「나비」를 토론하자는 그의 말에 바로 읽었다. 이언 매큐언 특유의 섬세한 결이 돋보인 작품이었지만 참가자들의 혼란이 예상됐다. 역시 "읽기는 했지만······"이라며 머뭇거리는 이들이 많았다. 이런 어쩌지, 나 혼자 너무 의욕이 앞섰나. 다행히 P가 극찬을 쏟고, 내가 호들갑을 떨어 분위기가 호전되었다. 아, 여론이란 게 이런 식으로 형성되나 싶기도 했지만 결과적으로는 무척 좋았다. 이언 매큐언의 다른 작품도 읽자는 의견으로 좁혀져 영화 〈어톤먼트〉(2008)도 추천하고 원작 소설도 꼭 읽자는 맹세까지 나왔다.

좋아하는 작가의 잘 알려지지 않은 단편을 읽어 좋았고, 회원 모두 의욕이 충만해진 상태로 마무리해 더욱 흡족했다. 매혹적인 도입부를 살짝 공개한다.

―― 목요일에 나는 난생처음 시체를 보았다. 오늘은 일요일이고 할 일이 아무것도 없었다. 날은 무더웠다. 영국이 이렇게까지 더워질 수 있다는 건 예상 밖이었다. 정오

무렵 나는 산책을 가기로 했다. 나는 집 앞에서 머뭇거렸다. 왼쪽, 오른쪽 갈피가 잡히지 않았다. 길 맞은편에는 찰리가 자동차 밑에 누워 있었다. 그가 내 다리를 봤는지 이렇게 외쳤다.

첫 문장과 두 번째 문장 사이에서 일어난 일을 독자는 추측하기 어렵다. 아무런 일도 일어나지 않은 것처럼 '쓱' 지나가버리는 이 시간의 흐름을 우린 기필코 상상하고 싶어진다. 이언 매큐언 소설은 그렇게 우리를 이야기 안쪽 깊숙한 곳으로 끌고 가 한참을 머물게 한다. 우리는 산책을 가기로 한 '나'의 입장에서 이야기에 참여한다. 단편 「나비」는 짧은 이야기 안의 밀도, 그 최대치가 무엇인지 보여주는 단편소설이다. 다시 「나비」를 토론하면 참 좋겠다.

함께 읽기,
함께 쓰기의 힘

어떤 책은 한 번의 모임으로 끝나지 않는다. 나탈리아 긴
츠부르그의 『가족어 사전』(돌베개, 2016)이 대표적인 예다.
이 책으로 토론을 한 뒤 회원들의 새로운 니즈가 형성되었
다. 나도 작가처럼 기록하고 싶다, 나만의 가족어 사전을
쓰고 싶다!

모임을 부추긴 건 나지만 회원들이 호응했던 것도 사실
이니 나만의 책임이라 할 순 없다 치자. 나는 꼭 해보고 싶
은 모임에 한두 명의 적극적인 호응만 있어도 꽤 힘을 받
는다. 『가족어 사전』 2차 모임은 그렇게 꾸려졌다.

이 책의 특징은 마치 '가족 CT 촬영' 같다는 점이다. 구

체적인 가족 관계도에 실명까지 써서 책을 읽다 보면 현미경으로 그 가족을 들여다보는 기분이 든다. 작가의 그런 관찰력과 숙고하는 태도가 부러웠다.

우리도 이렇게 써보고 싶지만 사실 생각만큼 가족에 대해 잘 알지 못한다. 잘못 기억하고 있는 데다, 누군가 보기라도 하면 어쩌냐는 온갖 고민이 난무할 때 나는 하나둘 떠오르는 기억을 기록하는 일에 빠져들었다. 아버지, 어머니, 할아버지, 고모, 삼촌 등 여러 인물이 등장하며 촘촘한 기록이 완성됐다. 『가족어 사전』은 내 역사를 재구성하도록 한 작품이다.

이날 모임에서 쓴 아버지의 역사다. 자기 검열 없이 쓰려고 노력했다.

—— 1946년생인 아버지는 전남 해남 출신으로, 다섯 형제 중 둘째로 태어나 위로 누이 한 명을 두셨다. 해남 유지이자 유능한 목수의 아들이었던 아버지는 의식주 결핍을 모르고 살았으나 청소년기에 한쪽 청력이 희미해져, 소심한 아이로 성장했다. 일찍 아버지를 여읜 후 의지할 사람

은 큰형이었으나 돌아온 것은 질책이었다. 어릴 적부터 명석하다는 평판이 자자했던 큰형은 기약하고 잘 듣지 못하는 아버지를 혼내기 일쑤였다. 그런 아버지를 안쓰럽게 여기고 돌본 것은 누이였다. 아버지의 여린 심성을 아끼고, 수시로 변호하러 나섰던 누이는 부모 이상의 존재였다. 천성이 매섭지 못하고, 단호함과는 거리가 멀었던 아버지이지만 성실성과 학습력으로 모 대학 자동차공업과에 진학했으나 가세가 기울어 졸업에 이르지는 못했다. 군에서 제대한 후, 아버지가 시작한 일은 건축이었다.

막대한 유산으로 건축업을 해서 가족을 부양하겠다는 큰아버지의 꿈은 가족의 거주지를 서울로 옮기게 했고, 아버지 또한 가족 사업에 참여하게 되었다. 특별한 재주도, 경험도 없었지만 교수까지 지낸 큰형을 믿고 따를 수밖에 없었던 순진한 청춘이었다. 그렇게 친가는 현재 자리 잡은 동네에 터전을 닦고 '김○○ 씨네 땅을 밟지 않고는 월계동 땅을 걸어 다닐 수 없다'는 말이 돌 정도의 성공을 거두었다. 이때까지만 해도 아버지의 미래는 구름 한 점 없는 청정 하늘이었으나 급작스레 닥친 폭풍우에 뒤틀리기까지는 얼마 걸리지 않았다. 큰형의 집 세입자의 동생이었던 어

머니에게 첫눈에 반해, 끈질긴 구애 끝에 결혼에 성공한 아
버지. 모두가 가난했던 시절에도 결핍을 모르고 살았던 아
버지는 두 자식과 아내를 어찌 먹여 살려야 할지 막막했다.

어떤 책은 자기 역사를 서술하게 한다. 쓰고 싶은 욕망
에도 첫 문장이 두려운 사람이라면 함께 『가족어 사전』을
읽고, 쓰기 모임을 해도 좋겠다. 회원 다섯 명의 소모임에
올리는 글이었음에도 이런 이야기를 써도 될까라는 자기
검열에 사로잡혔던 게 사실이다. 전 세계 언어로 번역되는
책이 아닌데도 어떤 죄책감을 느꼈다. 나의 풀리지 않는
해소를 위해 가족의 상처를 헤집는 것은 아닌지. 잘못된
기억을 일반화하는 글은 아닌지. 그럼에도 최초의 서술을
시작하며 성긴 그물망을 짰은 느낌이었다. 더욱이 나뿐 아
니라 회원 모두 함께해서 더욱 용기를 얻을 수 있었다. 혼
자서만 내 가족의 역사를 쓰고 공개한다면 어떻게 용기를
낼 수 있었을까. 함께 읽고, 함께 쓰기의 힘, 『가족어 사전』
은 그렇게 최초의 서술을 시작하게 하는 힘 있는 책이다.

우리를 물끄러미 바라보는
글쓰기 스승

시인 이문재는 소설가 김훈의 글 읽기에 대해 말해야 한다고 했다. 이성복 시인이 시집 『남해 금산』을 출간한 직후였고, 김훈은 이성복 시에 대해 이문재 시인에게 이렇게 말했다고 한다. "『남해금산』을 백번 읽었다." 뿐만 아니라 김훈은 소설 『태백산맥』에 대한 기사를 쓸 때, 그 소설을 세 번 정독하며 대학노트에 인물과 사건, 구성과 문체 따위를 일일이 정리했다고 한다.

『내가 읽은 책과 세상』(푸른숲, 2004)은 소설가 김훈에 관한 알려지지 않은 에세이 중 한 권이다. 개인적으로『자전거 여행』보다 아끼는 책이다. 김훈 전작을 읽었다는 이의 눈에도 잘 띄지 않는 책이라 추천했다. 종종 "추천해줘서 정말 고맙다"라는 반응이 돌아왔다.

이날의 모임에서는 다양한 의견이 나왔다. 나처럼 좋아한 사람도, 다소 밋밋했다는 이도 있었다. 김훈의 에세이보다 소설이 좋다는 의견도 나왔다. 어쨌든 김훈에게 배인 읽고 쓰는 태도는 우리에게 죽비라며 다시 고삐를 당겨야겠다는 결심만은 일치했다. 글쓰기 욕구도 강한 팀이다.

그래서인지 역시 토론에 몰두하는 태도가 달랐다. 세 아이를 키우며, 작가의 꿈을 꾸는 지나 님은 이 책을 읽으며 비로소 김훈에게 관심이 간다고 했다. 이전 책들은 거부감이 들었다고 했다. 지나치게 건조한 문체에, 때로 여성을 대상화하는 시선이 보여 읽다 중단한 적도 있다고 했다. "그런데 한 번도 김훈이 어떤 책을 어떻게 읽어 오늘의 김훈이 되었는가는 생각도 못 했어요." 지나 님은 이 책을 읽고 나니 다른 작가들의 독서 경험도 궁금해진다고 했다. 내가 아는 몇 권의 책을 소개했더니 즉시 온라인 서점 장바구니에 담았다고 보여주기도 했다. 지나 님의 행동력에 놀라고, 그녀가 추천 도서들을 다 읽으리라 생각하니 동지를 만난 듯 흐뭇해지는 순간이었다.

간혹 김훈이 소설가 이전에 글쓰기 스승으로서 우리를 물끄러미 보고 있다는 기분이 든다. 과장처럼 들릴까. 지나 님처럼 작가의 꿈을 품는 이들과 좀 더 나은 문장으로 표 현하지 못해 조바심이 나는 사람에게 김훈의 글쓰기가 닿 고 싶은 좌표로 존재하는 이상 이런 기분이 과장만은 아닐 것이다.

공공의 적이
되어도 좋다

카프카가 1909년부터 1923년까지 쓴 『카프카의 일기』(솔, 2017)를 읽고 필사했다. 944쪽 분량의 일기를 읽고 쓰는 과제를 내줬으니 난 공공의 적이 된 지 오래다. 고통의 신음이 곳곳에 울려 퍼져, 모임 당일 다소 긴장 상태였지만 이내 풀렸다.

시작하자마자 "안 읽었으면 큰일 날 뻔했다"는 감탄이 급속도로 확장되는 것이 아닌가. 무거워서 들고 다니지 못해 불편했다거나, 어디까지 읽었는지 계속 까먹었다거나, 읽으면서도 어딜 읽고 있는지 모르겠다는 어려움 외에는 감동을 표하는 이가 많았다. 물론 카프카의 복잡한, 섬세한, 형이상학적 정신세계에 접속하지 못한 이는 읽고 정리하는 일이 매우 버거웠던 모양이다. 일기지만 지금까지 읽었던 카프카 소설의 연속이었다는 의견이 많았다.

그럼에도 '지금까지 읽은 일기와는 다른 수준'이었다며, 그의 또 다른 에세이 『아버지에게 드리는 편지』에서 보이는 직설과 구체적 태도를 기대했던 이는 이 책이 무척 어려웠다고도 했다.

읽을 것이 많은 시대다. 휴대하기에도 좋고 부담을 느끼지 않도록 책이 얇고 가볍게 출간되는 시대 아닌가. 이런 때, 1,000쪽에 육박하는 책을 권했던 나야말로 부담스러운 독서광이 아닌가.

카프카는 오래된 나의 문학 스승이며, 닮고 싶어도 불가능한 롤 모델이다. 친구이자 편집자인 막스 브로트에게 글을 태워달라고 했던 카프카의 유언을 생각하면, 내 인생 소설 『달과 6펜스』의 주인공 스트릭랜드가 떠오른다. 투병을 견디면서 완성한 마지막 그림을 불태워달라는 유언을 아내 아타에게 남기고 세상을 떠난 스트릭랜드. 카프카와 스트릭랜드의 유언을 아직, 충분히 이해하지 못했다는 생각으로 난 카프카의 책을 읽는다. 내가 심혈을 기울여 쓴 유작이 있다는 가정하에, 카프카와 같은 유언을 할 수 있는지 자문하지만 답하지 못한다. 카프카의 모든 글에서 난 카프카를 본다. 카프카의 중단편, 일기, 단상 모든 글에서 그는 자신을 세밀히 관찰하고 기록했다. 자신의 분신들이 담긴 작품을 태워달라던 카프카, 그처럼 나도 내 이야기를 다양하게 변주하며 수많은 분신을 만들고 태워버리려는 마음으로 글을 쓰고 싶다. 『카프카의 일기』는 그의 모든 것이 기록된 거대한 기록이다.

　나의 사랑하는 카프카, 그의 일기를 토론한 역사적인 날이지만 역시 나의 광적인 열정으로 회원들에게 부담을 주었던 데에 미안함을 느끼기도 한다. 다만 카프카의 일기 중 하나를 내세워 변명을 해본다. 1914년 12월 31일 그의 일기에는 자신의 상태를 설명한다. 어느 모로 보나 내 능력의 한계에 다다를 정도로까지는 작업하지 못했다고. 특히나 자신의 능력이 불면증, 두통, 심약함 때문에 더 이상 오래 지속되지 못할 것을 감안하면 더욱 노력했어야 했다고. 그는 아직 다 쓰지 못한 작품명을 나열한 뒤 말한다. "내가 왜 이 목록을 만드는지 모르겠다. 내게 전혀 어울리지 않는다."

나도 회원들에게 말하고 싶었다. 카프카의 말처럼, 이 방대한 기록을 왜 권했는지 확실히 말할 수 없다. 어떤 기록은 너무 현실에 가깝고, 어떤 기록은 너무 멀어 역시 카프카는 어렵다라는 느낌을 줄 수 있다. 그럼에도 카프카의 다른 책을 모조리 읽고 싶다는 마음을 갖게 만드는 수많은 일기가 날 사로잡는다. 카프카가 결국 그 모든 작품을 완성했듯, 우리도 함께 각자의 이야기를 만들어갔으면 한다.

소설가는 주인공과
닮아가기 시작한다

얼마나 기다렸던 토론인가. 『소설과 소설가』(민음사, 2012)
는 오르한 파묵 전작 모임의 이색적인 책이었다. 강연록이
었다.

"이제야 파묵을 읽기 시작했으니 한숨부터 나온다."

"전작을 다 읽겠다는 각오가 강해지니 마음이 바쁘다."

"내가 읽은 소설론 중 최고작이다."

"강연록으로 쓰여서 너무 잘 읽혔다."

토론 시작하자마자 앞다투어 극찬이 이어져 내 역할이
줄어들었다. 평소에 그리 토론 발언이 많다고 볼 수 없는
정윤 님도 열혈 극찬으로 참여했다. 지금까지 읽은 소설

작법 중 최고이며, 문학을 이해하는 데 너무 큰 도움이 된다고 했다. 모임 만들기를 좋아하는 수미 님은 또 다른 오르한 파묵 읽기를 하자고 펌프질을 하고 있었다. 우리 모임에서 못 읽은 책까지 만들어 또 읽자는 것이었다. 그녀는 『소설과 소설가』를 읽지 않았다면 오르한 파묵을 잘 모르는 사람 아니었겠느냐고 말했다. 모든 의견에 공감하면서 오르한 파묵의 에세이 『이스탄불』(민음사, 2008)을 추천하지 않을 수 없었다. 한참 『소설과 소설가』 이야기 중이었는데, 나도 모르게 『이스탄불』을 추천하며 책 사진을 올리고 분위기를 다른 곳으로 끌고 가고 말았다. 몇 분이 지났는지, 사람들이 다 읽어보고 싶다, 읽을 책이 왜 이렇게 많냐 말하는 걸 한참 보고서야 토론의 중심이 흐트러졌다는 사실을 깨달았다. 열정인지 흥분인지 구분되지 않는 나의 이런 감정으로 인해, 모임 밀도가 떨어졌을까 걱정이 되었다. 정윤 님은 『이스탄불』을 갖고만 있지 아직 시작 못 했는데 이번에 꼭 읽어보겠다며 의지를 다졌다.

토론을 마치고 일기장에 내 발췌를 빼곡히 기록했다. 그 중 하나를 옮겨본다. 소설 쓰기가 주인공의 시선으로 세상을 바라봄으로써 자기 밖으로 나아가 새로운 캐릭터가 되는 일이라면, 책 모임 역시 나만의 관점으로 읽던 책과 세상을 타인의 시선으로 확장하는 사건이라는 것을 파묵에게 전하고 싶은 마음을 간직하면서 말이다.

—— 소설가는 오로지 주인공의 눈으로만 세상을 보지 않고, 서서히 주인공과 닮아 가기 시작합니다! 나 자신의 관점에서 벗어나 다른 사람이 될 수 있다는 것은 내가 소설 쓰기를 좋아하는 또 다른 이유이기도 합니다. 소설가로서 나는 다른 사람들과 동일화되고 나 자신 밖으로 나가, 이전에 내가 소유하지 않았던 캐릭터를 가졌습니다(73쪽).

역시 함께
읽기는 옳다

가끔 나도 모임에 초대된다. 인류학자 클로드 레비-스트로스의 『레비-스트로스의 인류학 강의』(문예출판사, 2018)를 함께 읽자는 제안을 거절할 이유가 없었다. 인용으로만 접해봐서 이번 기회에 꼭 읽어보자고 결심했다. 평소 인문, 사회, 정치 분야를 깊게 읽어온 은수 님의 초대라 설렜다. 이번에야말로 덜 말하고 더 들으리라 각오했다. 메신저로 진행되는 온라인 독서 토론의 장점을 최대한 살려, 한 페이지라도 읽으면 올리기도 하고, 단상을 자유롭게 기록하기로 했다. 회원들의 문장, 질문, 발췌로 풍성한 대화 창이 완성됐다. 역시 함께 읽기는 옳다며 뿌듯해하던 그때, 모임 방식을 더 의논하자는 의견이 나왔다. 작가의 다른 책도 읽을지, 다음 모임은 어떻게 진행할지 알고 싶다는 성격 급한 회원까지 나왔다. 쫓기듯 책 읽던 난 마음의 여유마저 빼앗긴 느낌이었다. 계획을 알려주며 조금만 기다려 달라고 했다. 먼저 작가에 대한 탐구부터 시작했다.

1908년 벨기에 브뤼셀에서 태어난 클로드 레비-스트로스는 브라질 상파울루 대학교에서 사회학 교수로 재직한 후 카두베오족과 보로로족을 조사해 여러 논문을 발표했다. 1941년 유대인 박해를 피해 미국으로 망명, 뉴욕 신사회조사연구소에서 문화인류학을 연구했다. 박사 학위 논문 「친족 관계의 기본구조」(1949)를 발표해 프랑스 학계에 반향을 일으키고, 세계적인 구조주의 학자로 알려졌다. 『레비-스트로스의 인류학 강의』의 부제는 '오늘날의 문제들에 답하는 인류학'이다. 강의록 형태로 쓰여 인류학 읽기의 부담을 줄였지만, 초보자에게 쉽지만은 않다. 책에 따르면 인류학자들이 선호하며 연구하는 사회는 원시 사회다. 저자는 이 단어를 명확하게 정의할 필요가 있다고 힘주어 말한다. 이유는 명확하다. 오래 지속되어온 이 사회가 바로 우리 인간이 함께 살아갈 수 있는 방법을 알려주는 유일한 본보기를 제공하기 때문이다. 그렇다고 먼 과거만을 추적하는 학문은 아니다. 인류학자는 "각 사회가 자기의 제도와 풍속과 신앙만이 유일한 것이라고 믿지 말 것을 권유"한다고 밝힌다. 자신의 인류학이 갖는 가장 큰 야망을 '한 개인이나 정부가 어떤 지혜를 갖게 하는 것'이라 정의하는 책이다.

5인 모임이라 책임감이 강했는지 모두 열심히 참여했다. 규모가 좀 크면 덜 성실하게 읽어도 '묻어 갈' 수 있지만 작은 모임에서는 한 사람 한 사람이 중요한 역할을 하고 집중을 받는다. 모두의 의견을 하나하나 천천히 읽는 것이 다소 지루한 면도 있지만 어떤 질문과 밑줄은 흥미진진했다.

—— 1986년 봄 네 번째 일본 방문이었고 일본 재단의 초청으로 갔다고 저자는 말합니다. 당시 일본이 문화인류학에 가진 관심인지 세계적 석학에 대한 관심 때문이었는지 궁금합니다. '현대 세계의 문제들에 직면한 인류학'이란 주제에서는 우리를 끊임없이 괴롭히는 사회의 주요 현안들, 예를 들어 인종과 역사, 문화의 문제가 떠올랐어요. 과

연 인류학은 새롭고 민주적인 휴머니즘일까란 의문도 들더군요. 당시에는 그랬을 수 있겠지만요.

—— 사람을 강조하는 인문학과 관계를 들여다보는 사회학을 다양한 관점으로 해석하고 통합하고 재편성하는 역할을 인류학이 한다는 느낌이 들었습니다. 각자의 원주운동을 하는 행성들을 결국 하나의 은하 안에 존재케 하는 태양과도 같은 구심점은 아닐는지 생각해봅니다. 다만 '틀 안에 있기도 하고, 틀을 넘기도 한다'는 표현들이 있어 철학적인 명제로 다가와 어려운 감도 있었습니다. 천천히 음미하며 읽으려 합니다.

메신저로 생각을 나누는 온라인 독서 토론은 회원들의 표정, 제스처, 어투를 보고 들을 수 없지만 이렇게 정리된 문장으로 남아 좋다. 각자의 언어가 좀 더 자세히 보인다. 의견들을 읽다 보면, 말은 적게 하고 들어야겠다는 결심을 하게 된다. 직접 눈을 보며 이야기하는 모임이 가장 좋지만, 상황이 안 된다면 비대면 온라인 독서 토론도 좋다.

너는 나의 세계에서
더욱 울창해지고 있다

타인에게 추천받는 책이 반드시 내게도 좋으리란 법은 없
다. 더욱이 그 분야나 작가에 선입견이 있다면 추천받고도
손을 뻗어 책장을 넘기는 데에 게을러지곤 한다. 『운다고
달라지는 일은 아무것도 없겠지만』(난다, 2017)이 그런 책
중 하나였다. 흔한 이야기가 쓰여 있을 것 같은 예감에 오
래도록 첫 장도 넘기지 않았다. 제주에서 머물던 중 숙소
서랍 속에서 누군가 두고 간 이 책을 발견하지 못했다면
지금까지도 난 이 아름다운 시인 박준을 모르고 살았을지
도 모른다.

　브런치 독서 토론서로 『운다고 달라지는 일은 아무것도

없겠지만』을 제안했다. 모임은 다가오는데 책을 구할 시간이 없어 불안해하던 차 이북을 구매했다. 고백하자면 나는 독서는 종이책으로 해야 한다고 생각하는 사람이다. 순간 마음이 복잡해졌지만 어떤 책은 이북으로 읽어야 하는 날도 있는 법이다.

이날 책 모임은 비판적 시각을 보태거나, 다른 의견이 오가는 분위기는 아니었다. 각자 마음에 담은 문장을 소리 내어 읽고 담담히 생각을 풀었다. 내가 할 일은 "다른 분의 이야기도 들을 수 있을까요?" "네 잘 들었습니다" 정도였다. 조용한 듯하다가도 이야기가 이어졌다. 묘한 에너지가 흘렀다. 각자의 육성으로 낭독한 박준의 문장은 나른하고 섬세했다. 젊은 시인의 작품은 어렵다는 고정관념이 깨졌다는 소감도 있었다. 시와 친하지 않아 선뜻 손이 가지 않았는데 읽길 정말 잘했다는 사람도 흐뭇해했다. 나도 마찬가지였다. 인상 깊었던 그의 시를 낭독하면서 마음에 조용한 파문이 일었다. 「취향의 탄생」은 첫 구절부터 마음에 와닿았다.

시가 돈이 되지 않듯, 시인이 직업이 될 수 없었던 탓에 자신이 한 일들은 그동안 자주 바뀌었다는 시 속의 고백처럼, 나 역시 돈 안 되는 책에 매달려 살아왔다. 책을 좋아하면 가난해진다는 어른들의 옛말처럼, 이 업은 안정된 삶을 보장해주지 않았다. 하지만 시의 마지막 구절에 나온, 잘 다니던 직장을 갑자기 그만두고, 삶을 한순간에 뒤엎어버리곤 했던 시인의 말처럼 나는 직장 생활을 미련 없이 그만두었던 순간을 단 한 번도 후회한 적이 없다. 책과 글쓰기는 내가 무엇보다 사랑하는 세계였다.

사랑하면 그 사람을 알게 된다는, 그 사람을 속속들이 알았다 생각하는 순간에 모르는 점이 생긴다는, 이는 당연한 현상이며, 나의 세계에서 상대가 점점 울창해지고 있다는 아니, 내가 상대의 세계로 더 깊이 들어갔다는 뜻이라는 「광장의 한때」의 내용처럼 나의 책 읽기와 글쓰기도 '책모임'이라는 세계에서 시간이 흐를수록 울창해지고 있다. 나는 매일 그 숲으로 걸어 들어가고 있다.

5장

· · · · · · · · ·

누군가 함께
이 책을 읽고 있다는
사실만으로도

오늘도 '책 덕질'을
멈추지 못했다

자괴감에 시달린 적이 있다. '왜 나는 인생 책 『달과 6펜스』에 멋진 질문을 만들지 못할까?' 다른 책을 대할 때에는 양면성, 비판적 시각을 강조하면서 『달과 6펜스』(서머싯 몸, 민음사, 2000) 앞에서만은 왜 침묵하는가. 분명 이런저런 한계가 있는 작품인데도 공감으로 귀결되고야 만다. 낭독극 대본을 만들며 이 잡듯 한 글자 한 글자 곱씹어 읽으면서도 공감으로 끝난 책이니 무슨 질문을 만들까.

다른 사람들은 어떤 질문을 만들까 궁금해 또다시 『달과 6펜스』 독서 모임을 만들었다. 이번 모임은 특히 질문 모임이라고 해도 무방할 만큼 나는 그 점을 강조했다. 감사하게도 몇몇이 내 덫에 걸렸다.

"저 신청이요."

소수지만 섬세한 질문을 파보겠다는 도전자 다섯 명이 모였다. 기뻤다. 나를 포함한 여섯 명이 만든 질문을 모아 오래도록 토론하고 싶었다. 여섯 명만 있어도 충분하다고 기대에 부풀어 있는데, 당일에 두 명이 오지 못한다는 연락을 해왔다. 취소와 사과, 사과와 취소…… 눈물이 앞을 가릴 정도는 아니지만 아쉬운 마음이 드는 건 책 모임을 운영하며 수없이 겪은 일이니 무던해질 만도 한데 아직도 이러는 걸 보면 도를 더 닦아야 한다. "괜찮아요. 다음에 봬요." 아마 할머니 운영자 될 때까지도 난 이 말을 하고 있겠지. 그땐 좀 더 너그러운 표정을 짓고 있으면 좋겠다.

책 읽고 토론하는 삶을 꿈꾸는 교사 수인 님이 제일 먼저 도착했다. 왠지 그녀가 오면 안심이 된다. 늘 겸손한 자세로 임할 뿐 아니라 촘촘하게 읽어 오니 강력한 지원군이다. 정작 본인은 "준비를 잘 못 해서……"라는 말로 운을 떼우며 질문들이 정리된 출력물을 내놓는다. 역시 기대를 저버리지 않는 구원투수.

『달과 6펜스』원서 모임까지 운영한 정윤 님이 두 번째로 들어왔다. 아이들을 돌보면서 자기 계발까지 하느라 늘 바쁜 그녀는 매일같이 새벽에 일어나 책을 읽고 글을 쓴다. 기록은 자신의 블로그에 남긴다. '프루스트 덕후'인 그녀의 첫 책이 나오길 손꼽아 기다리는 중이다. "질문을 만들다 보니 짚을 부분이 많았어요!" 경쾌한 그녀의 리듬에 어깨춤이 절로 나온다.

'폭풍감동녀' 미온 님이 마지막으로 들어왔다. "와 질문 만들기 쉽지 않네요!" 나와 비슷한 병(?) 아닐까? 너무 공감한 나머지 아무것도 물을 수 없는 손발이 묶인 독자. 넷이 모여 질문을 꺼내기 시작했다. 주인공 스트릭랜드에 대한 질문보다 이야기를 끌고 가는 작가이자 화자인 '나'의 시선도 꿰뚫었다. 소설의 주요 부분에 집중하여 던지는 세심한 물음표들이 쌓였다. 내겐 최고의 식탁이었다. 내가 좋아하는 음식으로 가득 찬, 말하자면 비건 테이블이다. 완전한 비건은 아니지만 비건을 지향하고 노력하는 난 맛있는 제철 채소와 착한 탄수화물, 단백질로 구성된 테이블을 직접 차리곤 한다. 오늘 이 세 사람은 나 대신 장을 봐 온 안목 높은 인플루언서처럼 보인다. 그들이 만든 질문이 어딘가로 떠돌고, 토론의 이슈가 된다는 상상을 하다 보면 그늘은 자연히 좋은 영향을 미치는 인플루언서가 된다. 자세히 보니 세 개 이상의 책 모임에 나가는 리더이자 회원들이다. 부디 나 없는 자리에서도 『달과 6펜스』를 알리고 토론하길. 한 사람이라도 이 책을 읽어 자기 안의 달을 길어 올리길 바라는 마음이다.

이 책 토론 현장에서 자주 들은 말이 있다. 자신의 남편이나 자녀가 이런 삶을 살게 될까 두렵다는 것이다. 특히 남편이 스트릭랜드처럼 좋아하는 일을 찾아 집을 나간다면 결코 용서하지 못할 것이라고 못을 박는 사람도 있었다. 난 여전히 '애정하는' 책에 대한 비판을 너그럽게 수용하는 진행자는 아니다. 때로 분노를 조절하지 못하는 사람처럼 따져 묻고 싶고, 다시 이 책을 읽어보라고 매달리고 싶은 충동을 느끼지만 꾹꾹 누르며 가슴앓이를 한다.

『달과 6펜스』 질문 모임을 하지 않았다면 그간 쌓인 울화가 더 커졌을지도 모른다. 스트릭랜드는 이기적이고, 야만적이고, 냉혈한이라는 비난을 듣고서도 "네, 그렇게 생각할 수도 있네요"라고 웃던 고통스러운 시간이 치유되는 느낌이었다. 좋은 질문 덕이다. 이렇게 오늘도 애정 책에 대한 덕질을 멈출 수 없는 존재로 살고 있다.

우리 모두,
수고했어요

영화 전공자도 잘 알지 못하거나, 소장용 책으로 그치고
마는 하스미 시게히코 비평집 『영화의 맨살』(이모션북스,
2015). 드디어 이 모임 마지막 날이다. 어쩐지 회원 모두
해방감에 들뜬 표정이다. 〈쇼생크 탈출〉의 주인공 앤디 듀
프레인이 탈출하던 폭우 장면처럼. 열정적으로 신청했다가
중도에 그만둔 회원이 많았다. 웬만한 모임은 "조금만 힘
내세요!" "다시 시작하세요!" 격려하던 나도 속으로 '잘 그
만두셨어요'라며 손놓고 말았으니 진정 험난한 종주였다.

이 책은 가로 14.5센티에 세로 21.5센티로 요즘 책치고
꽤 큰 판형에 속하며, 안구 경련이 일어나는 촘촘한 글줄

에 무려 632쪽에 달하는 방대한 분량을 자랑한다. 이렇게 쓰면 읽지 않는 독자가 늘어날 것 같아 걱정도 되지만 분량보다 힘겹게 넘어야 할 고개는 하스미 시게히코 특유의 장문이다. 어디서 시작해서 어떻게 끝나는지 알 수 없는 아득한 여행처럼 그의 문장은 모호하고 난해하다. 난 그 허들을 넘고 싶어 모임을 열고 버텼다.

모임 생존자는 적었지만 회원들 소회만큼은 밀도가 높았다. 역시 살아남은 자들에겐 남다른 투지가 보였달까.

"하스미 시게히코란 비평가는 충격 그 자체였다."

"이제 어떤 책이라도 읽을 수 있을 것 같다."

"내 인생에서 가장 읽기 힘들었던 책."

"다시 읽지 않겠지만 영원히 잊을 수 없는 책."

오랫동안 책 모임을 해왔지만 이런 정도의 소감은 처음이었다. 회원들의 눈빛은 독기와 광기로 이글거리고 있었다. 스스로 이 책을 끝까지 읽었다는 데 뿌듯함을 느끼며 점점 강인한 존재로 거듭나고 있는 듯한 느낌마저 들었다. 한 회원은 "몇 번이고 그만두고 싶었지만 읽다 보니 나도 모르게 작가의 시선으로 영화를 보려고 애쓰고 있다는 사실을 알게 되어 놀랐다"라고 했다. 그는 관객을 '연주가'에

비유한 작가의 시선에 밑줄 그었다고 했다. 관객이 청중이 아니라 연주가라니, 의아할 수도 있지만 그 회원이 밑줄 그었던 부분에서 말하는 논리는 이렇다. 저자는 1960년대 이후 영화도 연주가의 시대가 되었으며, 여기에서 연주가 란 관객이라고 정의한다. 관객이 대상을 해석한다는 것이 다. 해석에 의해서 영화가 풍부해지기도 하고, 빈곤해지기 도 한다. 자연히 감독들의 지위가 떨어졌다는 것이 저자의 주장이다.

한 번도 영화를 보는 자신, 즉 관객인 스스로를 연주가 라고 생각하지 않았다는 그는 영화에서 관객이 차지하는 자리의 중요성을 이야기한 하스미 시게히코의 글을 읽고 다른 시각을 갖게 되었다고 했다. 재미있으면 다시 보거나 추천하고, 그렇지 않으면 욕하던 습관을 버리게 된 것이 가장 큰 변화였다. 연주가로서 좀 더 적극적으로 영화에 대한 견해를 드러내기 위해 SNS에 글을 쓰기 시작했고, 더 많은 사람들과 공유하기 위해 해시태그와 유튜브까지 한 다고 했다. 생각해보면 많은 감독이 열혈 관객 시절을 거 쳐 성장했으니, 자신도 언젠가 영화를 만들 수도 있겠다는 마음이 들었다고 했다. 문득 그 회원의 직업이 무엇인지 궁금해지는 말이었다. 지금은 무슨 일을 하시기에, 언젠가 영화를 만들고 싶으신 걸까? 개인적 친분이 없으면 사적인 질문을 잘 하지 않기에 끝까지 알 수 없었지만 평일 저녁 모임에 늘 양복 차림으로 오던 그가 말하는 담담한 소감이 오래도록 뇌리에 남아 떠나지 않았다.

난 마지막 질문을 공유했다. 그 질문으로 회원들과 꼭 토론하고 싶었다.

"영화비평 일만으로는 살 수 없다는 현실을 보여주는 책입니다. 생계가 안 된다는 것을 알면서도 매년 열리는 영화비평 공모전에는 수많은 투고가 이어집니다. 비평가로 등단한다는 것은 쉬운 일이 아닙니다. 여러분은 영화비평가의 삶을 어떻게 보십니까?"

회사원처럼 보이는 예의 그 회원의 발언을 기대했지만 이번엔 가만히 듣고 있었다. 고양이처럼. 다른 회원들도 마찬가지였다. 미숙한 이 진행자는 "어떻게 생각하냐고요!"라고 다그치고 싶지만 차마 그럴 수는 없어 눈빛으로 호소했다. 여러분, 말 좀 해주세요.

체력이 받쳐주지 않는다고 호소하면서도 전작 읽기를 즐기는 수미 님이 이야기를 시작했다. "저는 함께 책을 읽기 전까지는 비평에 대해 잘 알지 못했지만 작은 독후감 대회에 글이 뽑히고 난 후 독후감도 비평이 될 수 있을까 란 생각을 했어요." 난 반가운 마음에 의견을 보탰다. "그 럼요. 방향과 독자층이 다를 뿐 견해를 드러내는 글이란 공통점이 있어요." 다시 수미 님이 눈을 반짝이며 말했다. "하스미 시게히코처럼 무서운 책을 쓰진 못하겠지만, 작가 말처럼 사태가 심각할 정도로 비평만으로 먹고살 수는 없 겠지만 취미로라도 비평은 꾸준히 써보고 싶어요."

수미 님의 말이 무슨 뜻인지, 책의 어느 부분을 보고 말 하는 것인지 단번에 이해가 되었다. 하스미 시게히코는 말 한다. 영화비평이란 꼭 필요하지만 이 직업은 세계적으로 보아도 거의 픽션에 가깝다고, 영화비평으로 먹고사는 사 람이 있다면 그는 신문사에서 글을 쓰는 사람으로 한정될 거라고 말이다.

영화평론가 정성일의 심야 방송을 들으며 비평의 세계 에 눈뜬 후, 이전으로 돌아갈 수 없을 것 같다고 직감한 나 이지만 비평가의 삶을 무작정 동경하지는 않는다. 비평하 는 태도를 잊지 말아야 한다는 생각만은 하며 살아가고 있 다. 비평이란 하나의 경험을 나만의 언어로 재구성하는 작

업이므로. 비평하지 않고 지나가버리면 소리 없이 그 시간
이 사라져버리곤 했다. 그러한 경험을 했다는 사실조차 희
미해졌을 때 느낀 공허함을 잊지 못해 난 비평을 읽고, 쓰
고, 토론하는 것이 아닐까.

어쨌든 이 장대한 『영화의 맨살』 종주를 끝낸 우리 모두,
수고했어요.

이런 작가도
있었네요

미술 책으로 토론할 수 있을까? 이야깃거리가 많을까? 소소한 고민은 잊자며 무작정 서경식의 『고뇌의 원근법』(돌베개, 2009)으로 서양 근대 미술 기행을 함께 떠나자고 제안했다. 미술에 대해 전혀 모른다는 사람들에게 '저도 모른다'며 권했다. 알아서 보는 책이 얼마나 있나. 알려고 보는 게 책 아닌가. "책이란 무릇, 우리 안에 있는 꽁꽁 얼어버린 바다를 깨뜨려버리는 도끼가 아니면 안 되는 거야"라는 카프카의 말을 믿는 사람이라면 『고뇌의 원근법』이 '도끼'로 다가오리라 자신했다.

이런 나의 강변에 회원들은 "읽어보겠다"고 했다. 나로

선 어떤 책으로든 서경식 읽기를 시작할 수 있다면 반가웠다. 이 책은 2006년부터 2년간 독일 표현주의 계열의 미술 작품을 보고 사유한 기록이다. 흔히 알려져 있는 화가는 등장하지 않는다는 것이 『고뇌의 원근법』의 특징 중 하나. "이런 작가도 있었네요!"란 반응이 이어지는데, 서경식이 골라 실은 작품마다 개성과 고유의 스토리가 잘 정리돼 있었기 때문이다. 서경식의 풍성한 해석과 예리한 질문 또한 가독성을 높인다. 책은 '근대'를 폭력의 시대로 보고 '근대 예술'이 가능한가라고 묻는다.

회원들이 가장 주목한 화가는 1, 2차 세계대전 아래서 미술 작품 활동을 한 독일의 오토 딕스^{Otto Dix}(1891~1969)다. 사실주의 기법으로 그림을 그린 그는 1차 세계대전 후의 비참한 사회를 표현했다. 주관적 표현주의 운동에 반발한 신즉물주의 운동의 주창자로 평가받는다. 오토 딕스에 관한 프로그램을 제작하기 위해 독일을 찾은 서경식은 그의 작품 〈전쟁 제단화〉를 이렇게 본다. 그에 따르면 "기적과도 같은 작품"인데, 이유는 이렇다. 전통적인 제단화라면, 중앙의 대화면에는 십자가에 못 박힌 예수 그리스도가 자리 잡고 있어야 한다. 그런데 〈전쟁 제단화〉에는 예수가 아니라 부패해가는 병사의 시신이 그려져 있다. 이 제단화는 천국이 아니라 인류가 만들어낸 지옥의 모습이 그려져 있다는 점에서 특별하다.

개성 만점 회원 은희 님이 『고뇌의 원근법』을 완독했다며 "〈전쟁 제단화〉를 보고 난 후 한국 역사를 떠올렸다"고 했다. "독일 화가가 그린 그림에서 우리 역사의 비참했던 순간이 떠올라 보는 내내 괴로웠어요." 예수의 자리에 부패한 병사의 시신을 그린 오토 딕스의 그림은 서로를 죽고 죽이는 전쟁에서 과연 신은 어디 있는가, 신은 무엇을 위해 존재하는가를 묻지 않을 수 없었을 것이라고 은희 님은 말했다.

명랑한 은희 님은 책이 좋아 두 번이나 읽었다며 사뭇 진지한 모습을 보였다. 말만 하면 꼰대가 되는 것 같아 조심스럽다는 상희 님도 만점 주고 싶은 책이라고 했다. 서경식의 애독자이지만 읽지 못한 책이 많아 마음이 바빴다며, 오토 딕스보다 에른스트 루트비히 키르히너 Ernst Ludwig Kirchner(1880~1938)가 인상 깊었다고 했다. 서경식은 킬 미술관에 전시된 키르히너의 〈목욕하는 나부〉와 〈군인으로서의 자화상〉에 대한 감상을 강렬하게 풀어놓는데 그 부분이 상희 님에게 와닿았다는 것이다.

"군복 입은 작가의 모습을 소개하면서, 이제 그림을 그릴 수 없다는 뜻을 암시하듯 손과 손목이 없다는 부분을 서경식 작가가 짚더라고요. 처음 알게 된 사실인데 키르히너가 1차 대전 때 강제 징병되었다가 심신이 약해져 스위스로 이주하고 자신의 예술을 악랄하게 모독한 나치에게 항의 편지를 보낸 후 피해망상증에 걸려 힘겨운 시간을 보내다가 1936년 자신의 작품들을 불태우고 권총으로 자살했다고 하잖아요. 그 부분이 너무나 고통스럽게 다가왔어요. 나라면 어떻게 행동했을까."

미술 책 토론의 깊이를 느낀 대화였다. 아는 만큼 보인다고 했다. 그저 서양 미술이려니 했던 작품들도, 숨겨진 이야기를 알고 나자 달리 보인다. 다시 이런 책을 토론한다면 얼마만큼의 회원을 모을 수 있을지 모르지만 서경식의 눈을 통해 본 미술이라면 꽤 많은 독자가 모이지 않을까. 이런저런 상상을 하며 일찍 잠을 청했다.

광기 서린 운영자의
진짜 마음

'노벨상 수상 작가'라는 타이틀을 붙이면 회원이 늘까, 줄
어들까? 다년간 모임을 해본 결과 처음엔 우르르 모이고,
며칠이 안 돼 참여가 줄다가, 모임 불참이 속출한다. 여러
문학상 중 가장 허들이 높은 노벨상이다. 도전해보고 싶지
만, 막상 읽어내기 쉽지 않다. 수상작들은 그 상의 권위에
맞게 역사와 문화에 관한 비범한 내공이 깃든 작품들이기
에 독자에게 어렵게 다가올 수 있다. 문학을 많이 읽었다
는 사람도 중간에 그만두는 경우가 많아 운영자 입장에선
난감해지곤 한다. 운영자 혼자 남아 있는 공허한 모임이라
면 노벨상 알레르기가 생길 수 있다.

이런 어려움에도 나는 노벨상 수상 작가 가즈오 이시구로 전작 읽기를 제안했다. 일단 일을 벌인다. 사람을 모은다. 제대로 끝까지 책임지지 못하면서도 자리를 만든다. 자리를 펴줄 사람도 필요하다는 생각 때문이다. 사람에게는 계기가 필요하고, 그 계기로 자신도 몰랐던 흥미와 재능을 발견할 수 있다. 그렇게 인생은 조금씩 다른 항로를 만난다. 새로운 지도가 만들어진다. 난 그 자리를 펴주고 싶은 욕망에 사로잡힌다. 재미있는 점은 그런 무책임한 전작 모임에서도 열심히 하는, 모범생 한둘이 있다는 것. 운 좋으면 서넛은 꼭 나온다는 것이 모임의 진리다. 난 오늘도 어떤 모임 자리를 펼까 궁리한다.

노벨상 수상 작가로 선정된 가즈오 이시구로 박스 세트가 나오고, '민음사 모던 클래식 시리즈'가 나오자 난 마음이 바빠졌다. 한 권도 읽지 않은 작가인데, 영화까지 만들어졌다는데, 한두 권은 봐도 좋지 않을까. 태산처럼 쌓이는 가즈오 이시구로 전작 앞에 욕망도 커졌다. 모임 소식을 알리자 신청이 이어졌다.

"이번 기회에 꼭 읽어보고 싶어요."

이런저런 이슈가 된 작가의 책은 절대 읽지 않는다는 병희 님이 신청을 해서 깜짝 놀랐다. 사회과학 분야를 즐겨 읽는 그에게 문학은 그리 흥미로운 영역이 아님을 알기에. 최근엔 회사 일도 무척 바빠져 몇몇 모임에서 종적을 감춘 그가 나타났다. 여러 모임에 참여 신청을 하진 않지만, 소수의 모임에서 정확히 활동하는 병희 님이 온 것이다. 설 렜다. 어쩌면 총대를 메게 할 수도 있다고 생각하는 진행자의 속셈도 모르고 모임에 덜컥 들어온 병희 님이 공지된 전작을 다 샀다고 사진을 찍어 올렸다. 이제 시작이다.

『나를 보내지 마』(민음사, 2009)를 두고 온라인 토론이 이어졌다. 〈타임〉 선정 '100대 영문 소설' '2005년 최고의 소설'로 꼽힌 작품이며 37개국에 번역 소개되었다. 줄거리도 흥미진진하다. 주인공 캐시는 간병사로 일한다. 외부와의 접촉이 단절된 기숙학교를 졸업한 후 간병사가 된 캐시. 그녀의 섬세한 시선을 통해 인간의 장기이식을 목적으로 복제된 '클론'들의 사랑과 숙명을 그린 기발한 이야기다. 1990년대 후반 영국을 배경으로 펼쳐지는 흥미진진한 줄거리에 참가자들은 여러 의견을 보냈다.

반응이 가장 궁금했던 참가자는 물론 병희 님이다. 그는 선두에 나서며 "아주 재미있게 읽었다"고, 전작 읽기가 기대된다고 했다. 그간 병희 님에 대해 내가 모르는 점이 많았고, 몇 권의 책 취향으로 한 사람을 쉽게 평가하는 습관이 있었음을 반성했다.

모임을 시작하면 꼼꼼하게 책을 읽는 현희 님도 『나를 보내지 마』 토론에 참여했다. 한 권이라도 대충 읽으면 토론에 제대로 참여하지 못하고 침묵으로 일관하는 습관이 있는 그녀라 "다 읽었어요"라는 말은 자주 하지 않는다. 그 말은 "정독하며 꼼꼼하게 다 읽었어요"라는 말과 같다. 대충 훑어봐선 절대 그런 말을 하지 않는 성격이니까. 오늘 그녀의 "다 읽었어요. 저는 보통이었어요"라는 반응을 보니 재미있었다. 며칠에 걸쳐 읽었는지 모르지만, 저 '보통'이라는 표현 아래 무수히 많은 시선이 존재할 것 같은 기대랄까. 워낙 정밀하게 작품을 보는 습관을 가진 독서가이니 말이다. 역시 기대대로였다. 현희 님의 말이 마음을 울렸다.

"제가 워낙 독서 속도가 느려 오래 걸렸는데요, 배경이 낯설기도 하고 클론이라는 소재가 익숙하지 않아 받아들이는 게 쉽지 않았지만 역시 인간이란 존재에 대해 깊이 생각하게 하는 깊이가 노벨상을 이래서 주는 건가란 생각

도 들었습니다. 그렇지만 제가 전혀 모르는 작가라 한 권
만 읽고 좋다 싫다 말할 수 없어 보통이라고 했습니다."

이렇게 차분히 말해놓고 또 얼마나 열심히 읽고 토론에
임할까. 이 낮은 온도의 말들 아래에서 활활 타오르고 있
는 현희 님의 열정이 그대로 느껴져, 나는 또 가슴이 벅차
오르고 말았다.

나만의 '명예의 전당'에
오른 작품

난 독서광이며 영화광이다. 책과 영화에 미쳐 좌식 인간으로 사느라 서른아홉까지 어떤 운동도 하지 않고 숨쉬기만 한 채 살았다. 의자에 '딱' 붙어서 읽고 보고 썼다(지금은 운동을 매우 좋아하는 생활체육인으로 살고 있지만). 본 건 다 기록하고 싶은 욕망에 불타 블로그에 리뷰를 썼다. 설득력 논리 이런 건 둘째. 내가 좋았던 작품 덕질로 인생을 즐겼다. 내가 추천한 책이나 영화를 봤다는 사람과는 무덤까지 가고 싶은 충동을 느끼며 살았다. 그러다 원작도 훌륭한데 영화까지 뛰어나다면 그 원작과 영화는 거의 명예의 전당에 오르는 것이었다.

아쉽게도 한국 영화에는 그 예가 적었는데, 김훈 소설 『남한산성』(학고재, 2017)을 원작으로 한 영화 〈남한산성〉(2017)이 보였다. 연출을 맡은 황동혁 감독 전작을 보면 그다지 내 취향은 아니라 생각했지만, 원작을 좋아했기에 기대감으로 영화를 보러 갔다. 걸작이었다. 뛰어난 각색, 연출, 미술, 류이치 사카모토의 음악까지 조화를 이룬 새로운 사극이었다. 난 황동혁 감독을 다시 보기 시작했다. (내가 뭐라고?) 원작 손실과 훼손의 늪을 능숙하게 비켜 간 정교한 각색. 영화 〈남한산성〉 각본은 내게 원작을 영화화한 작품의 좋은 예가 되었다.

그러면서도 불안했다. 내가 꽂힌 작품의 흥행 참패 이력들이 떠올랐다. 또 안 좋은 결과가 나오면 어떡하지. 〈남한산성〉을 지지하면서도 쉽게 떠벌릴 수 없었다. 제작비 150억 원, 최소 500만 명이 보면 손익 분기점을 넘는 〈남한산성〉이 결국 조용히 막을 내렸다는 소식이 들려왔다. 마음이 아팠다.

소설 『남한산성』 서평 수업을 앞두고, 영화 토론을 생략할 수 없었다. 영화를 꼭 보라고 알렸다. 참가자들은 그제야 영화를 보고 "원작 못지않은 영화" "원작 이상의 영화"

라고 했다. 너무나 기뻤다. 또 내 덕질이 성공하다니. 오호
라. 그런데 왜 극장에서 안 봤냐고 캐물었더니 지루하다,
원작만 못하다는 말을 듣고 보지 않았다고 한다. 극장에서
보지 못해 아쉬웠다는 미온 님의 소감이 기억에 남았다.

"제가 왕이라면 최명길과 김상헌 중 어느 쪽 이야기를
더 믿게 될까 계속 생각했어요. 이조판서 최명길은 치욕은
순간이라며, 임금에게 그걸 견디고라도 나라와 백성을 지
켜야 한다고 하잖아요. 예조판서 김상헌은 완전히 다른 주
장을 해요. 절대 임금은 그래선 안 된다. 청의 공격에 끝까
지 맞서 싸워서 대의를 지켜야 한다는데요, 내가 왕이라면
어떤 선택을 할까 미치겠더라고요. 그런데 내가 그렇게 큰
자리에 앉아보질 않아서 왕이라는 가정 자체가 막연하지
만요. 난 그저 소시민일 뿐이니까. 아무래도 임금의 치욕을
걱정하는 김상헌의 생각에 끌릴 것 같아요. 그런 내 선택
때문에 많은 희생자가 나온다면 그 또한 평생의 죄책감이
겠지. 멀리 보면 임금이 머리를 조아린 치욕은 역사에 기
록되고 백성들에게도 치욕이 되지 않을까 해서."

열정적인 미온 님. 책에 감화되고, 빠지고, 자기 이야기
를 풀어놓던 미온 님에게 들은 가장 명료한 생각이었다.

난 모임 그룹 창에 비평을 올렸다. 이렇게라도 말하고 싶었다. 때로는 진행자라는 자리가 외롭게 느껴지기도 한다. 이렇게 나만의 명예의 전당에 오른 책으로 모임을 할 때면 더욱! 아쉬운 마음에 모임 그룹 창에 올렸던 비평의 일부를 기록해본다.

—— 김훈이 창조한 서날쇠란 인물은 원작보다 나아간다. 김훈의 '노동 세계'를 원숙하게 읽어낸 황동혁 감독의 선택이다. 망가진 조총을 수리하던 서날쇠의 손을 믿은 것은 김상헌이다. 하여, 그 손에 나루를 맡긴다. 다시 자신의 자리로 돌아온 대장장이는 묵묵히 담금질에 집중한다. 나루를 먹일 노동이요, 오늘 내일을 살아갈 양식이다. '노동에 대한 혐오와 존경'은 김훈 전작에 배인 시선이요 정서다. 말과 글로 싸우던 조정과 달리, 서날쇠는 몸으로 싸워 오늘을 산다. 김훈의 유일한 '편'이 있다면 바로 서날쇠다. 김훈이 오로지 믿는 세계 또한 노동일 것이다. 어쩌면, 사물의 본질 안으로 들어갈 수 있는 길 또한 몸이라 믿는지 모른다.

무책임한
모임 생산자의 기쁨

"오르한 파묵 전작 읽기 함께해요!"

또 일을 벌였다. 아직도 오르한 파묵을 모르는, 읽지 않은 독자가 많다는 사실에 비분강개한 지 오래다. 더 이상 미룰 수 없는 일이니 올해 안엔 반드시 오르한 파묵의 친구들을 늘려보고 싶다는 소망에 또 모임을 만들었다.

—— 노벨상 수상 작가 '오르한 파묵' 전작 읽기

(적극적으로 참여할 분, 만만한 작가는 아니니 읽어보고 신청해주세요.)

『오르한 파묵 전작 읽기』 일정

- 에세이 『이스탄불』

- 강연록 『소설과 소설가』

- 장편소설 『내 이름은 빨강 1, 2』, 『검은집 1, 2』, 『내 마음
  의 낯섦』

터키의 무늬를 새기고 다채롭게 채색한 위대한 작가 오
르한 파묵. 다만 문학과 친하지 않은 독자에겐 만만치 않
은 벽이다. 하여 "만만한 작가는 아니니 읽어보고 신청해
주세요"라는 안내 멘트를 넣었다. 역시 덕후들은 어디에나
존재한다. 열 명이나 모였다.

"이름만 들어본 파묵 이젠 읽어야 합니다!"

"사놓고 못 읽은 책 이제야 보나요!"

"터키에 대해 알고 싶습니다."

3개월 대장정에 오른 사람들을 보니 매우 사랑스러웠
다. 의외의 인물이 둘 있었으니 바로 진철 님과 영선 님이
었다. 예기치 않은 방향으로 대화를 이끌어가곤 해도 늘
성실한 참여로 자리를 채워주는 진철 님이 이 대장정에 오
르다니 반가웠다. 서평이 삶이 된 영선 님은 매우 진지한

타입인데, 파묵과 잘 어울리기도 하지만 요즘 통 모임에서 보지 못해 무작정 반가웠다. 잘 살고 있을 테지만 한두 달만 안 보이면 무슨 일 있나 걱정이 앞서면서도 막상 연락할 용기는 없다 보니 모임에 오면 좋을 뿐이다. '엄마 미소'로 그들을 반겼다.

1, 2회 에세이 읽기를 거쳐 3회부터 본격적인 소설 탐험을 시작했다. 『내 이름은 빨강』에 쏟아진 찬사는 나의 우려를 단숨에 태워버리고, 파묵 '덕후'들을 하나로 묶었다. 감당할 수도 없는 모임 생산자, 무책임한 모임 개발자라 불려도 좋다. 마무리 제대로 못 한다는 소리를 들어도, 모임을 또 만들고 싶다.

이런 사람을
또 만날 수 있을까

"플로베르는 도대체 무슨 생각으로 이런 문장을 썼을까요?"

귀스타브 플로베르의 짧은 이야기 『순박한 마음』(쏜살문고, 2017)을 인생 책으로 꼽은 수이 님은 고개를 흔들었다. 읽을수록 감탄하게 된다며 플로베르는 천재라고 했다. 소설 『마담 보바리』(민음사, 2000)로 알려진 플로베르의 짧은 소설 『순박한 마음』은 작고 얇은 문고본 '쏜살문고' 시리즈로 나와 소장 욕구를 자극하는 책이다. 내가 수이 님에게 선물한 책이라 더욱 기뻤다.

수이 님을 생각하며 책을 고르던 여름, 부산 기장 바다가 벼오른다. 사랑하는 사람들에게 줄 책을 고를 때만큼 마음이 풍요로운 때가 또 있을까. '아마 이 책을 읽지 않았겠지'라는 결론에 이르기까지 내내 그 사람만을 생각했다는 것만으로도 책 선물은 물건이 아닌 마음 자체임을 우리는 안다. 난 많은 책을 읽었으리라는 불필요한(?) 인상을 줘서 책 선물을 자주 못 받지만, 줄 때가 더 행복하니 괜찮다. 새로 나온 책이야 없을 확률이 높지만, 꽤 오래된 책이고 유명 작가의 작품인데도 처음이라면 반갑다. 그런 적중률을 보여준 친구는 종일 업고 다니고 싶은 마음이 들 것이다. 하지만 아쉽게도 그런 책 선물을 받아본 적은 없다. 내가 누군가에게 그런 존재가 되는 것으로 만족한다. 수이 님은 '한 단어, 한 문장을 쓰는 데 고심한 글쓰기의 수도자'라 불린 플로베르의 세계를 아름답다고 거듭 예찬했다. 그런 수이 님의 마음이 더욱 아름답게 느껴졌다. 수이 님의 강력 추천에 힘입어 『순박한 마음』을 토론하는 모임을 만들었다. 플로베르의 책은 처음이라는 사람들도 있었다.

　『순박한 마음』은 미완성작 『부바르와 페퀴셰』를 제외하면 유작이나 다름없는 작품으로서 플로베르의 순문학의 경지를 압축적으로 보여주는 소설이다. 인류의 최종 관심

사인 '구원'을 문학적으로 풀어낸 작품으로, 주인공 펠리시
테가 단어 하나를 쓰고 고치는 데에 신중을 기하는 모습을
통해 플로베르의 모습을 엿볼 수 있는 소설이기도 하다.
기대가 되었다. 회원들의 소감은 어떨까. 수이 님과 나 정
도까지는 아니더라도 공감을 나눌 수 있지 않을까? 애석하
게도 반응은 기대에서 벗어났다.

"담담하게 읽긴 했는데 와닿는 게 적어요."

"호소하지 않는 절제된 문장이 좋지만 작가의 의도를
잘 읽었는지 모르겠어요."

대체로 어렵다는 반응을 보였다. 이해가 되면서도 아쉬
움이 느껴지는 건 어쩔 수 없었다. 어떤 부분을 어떻게 느
껴야 할지 모르겠다는 말을 들었을 땐 눈물이라도 쏟을 기
세로 반짝이던 수이 님의 갈색 눈동자가 떠올랐다. 독서
취향이란 사람마다 다를 수밖에 없지만, 정말 내 멱살이라
도 잡을 기세로 대가의 숨은 책을 예찬하는 친구는 수이
님 말고 또 떠오르지 않았다. 이런 사람을 다시 만나긴 쉽
지 않겠다 그런 생각이 든 것이다. 그래도 모임은 잘 마무
리했다. 언젠가 『순박한 마음』을 좋아하는 누군가를 만난
다면, 수이 님의 표정이 또 떠오를지 모르겠다.

도스토옙스키는
처음인데요

작가의 문장을 흉내라도 내보자며 '도스토옙스키처럼 쓰
기' 모임을 만들었다. 아니, 읽기라도 하자는 사람도 있었
다. 저 '도스토옙스키는 처음인데요?' 이런 사람이라도 문
제없었다. 문학을 잘 읽어서, 러시아 문학에 조예가 깊어서
모인 사람들이 아니라도 좋았다. 나야 도스토옙스키 책을
많이 읽었지만, 언제나 복습이 필요하다. 특히 작가의 글
을 따라 써보기는 처음이다. 알찬 두 달을 보내고 마지막
모임 작품으로 『악령』(열린책들, 2009)을 함께 읽고 썼다.
책에서 세 문단을 내가 꼽아주었다. 이 모임의 목표는 『악
령』의 일부분을 필사하고 비슷하게 작문해보며, 도스토옙

스키의 문장을 섬세하게 경험하기다. 난 그 수많은 명문장 중 어떤 세 문단을 골라야 하나 머리를 쥐어뜯지만 결국엔 발견하고야 만다. 편협한 선택이 회원들의 멋진 눈을 멀게 하지 않을까 조심하지만 멋대로 고를 수밖에 없다. 능력 있는 회원들은 매우 어려운 작문도 척척 해냈다.

인용 문단과 그에 해당하는 모방 작문을 딱 하나만 공개해본다. 도스토옙스키의 글이 새 옷을 입었다. 리듬과 뉘앙스는 유지되었지만, 전혀 다른 글이 되었다.

─── 그러나 그는 바람을 그다지 많이 쐬지 못했으니, 채녁 달을 견디지 못하고 스끄보레쉬니끼로 달려왔던 것이다. 그의 마지막 편지들은 오직, 자기 곁에 없는 친구를 향한 가장 감상적인 사랑의 토로만으로 이루어져 있으니, 문자 그대로 이별의 눈물로 흠뻑 젖어 있었다. 마치 애완용 강아지처럼 제 집에 굉장히 강한 정을 품는 그런 천성을 가진 사람이 있는 법이다. 벗들의 만남은 환희에 가득 찬 것이었다. 이틀 뒤엔 모든 것이 옛날과 마찬가지로 진행되었지만, 아니 심지어 옛날보다 더 지겨워지기까지 했지만 (45~46쪽).

→ 그러나 그는 마음껏 여행하지 못하고, 채 일주일도 견디지 못하고 다시 돌아왔던 것이다. 그가 여행지에서 행복한 마음으로 부친 엽서보다, 그의 귀환은 빨랐다. 여행지의 낯섦과 기대를 가득 담고 자랑하듯이 써 내려간 엽서는 문자 그대로, 거짓으로 밝혀졌다. 마치 자신의 용맹이나 모험심을 증명하기 위한 기행문처럼 오로지 남겨야 한다는 마음으로, 주소를 일일이 확인하면서 부친 글들은 그의 돌아옴을 아는 모든 이들에게 조롱거리 이상은 아니었다. 당장 그 엽서를 중간에 가로채고 싶은 마음도 들었지만, 그는 당시 여행지에 도취되어 자신이 누구에게 엽서를 보냈는지조차 기억하지 않았던 것이다. 돌아온 이틀 뒤엔 모든 것이 변함없이 지나가는 듯했지만, 아니 심지어 낯선 두려움보다 돌아온 것이 그에게는 더 큰 스트레스를 받게 했지만(이혜령).

놀라운 책 모임이었다. 8주간 진행되었던 모임의 마지막 날, 나는 회원들의 소감을 하나하나 들어볼 수 있었다. 수미 님은 "서로의 글에 대한 평을 하는 순간마다 성장한다"며 활짝 웃었다. 역시 모임에 꼭 왔으면 하는 산소 같은 회

원이다. 정윤 님은 "색깔 없이 건조했던 나의 세계가 총천
연색으로 물들어가며 아름다운 정원이 되었다"라는 멋진
어록을 남겼다. 그녀는 힘든 작문을 꼬박꼬박 내는 무서운
체력을 보였다. 정희 님은 "문장력 향상을 넘어 영혼을 흔
드는 울림이 있다"라고 했다. 그녀는 도스토옙스키 광팬으
로 이번 모임에서 열정을 불태웠다. 인경 님은 "대가의 일
부가 된 듯한 착각 속에서 언어에 대한 새로운 시각을 틔
우고 작품 이해의 폭을 넓혀준다"고 기뻐했다. 동화를 쓰
는 그녀는 작문왕이다. 선화 님의 "나처럼 글을 쓰지 않는
사람에겐 더욱 소중한 시간이다"라는 소감은 폭소를 불러
왔다. 늘 자신을 쓰지 않는 사람이라고 하지만, 누구보다
열심히 쓰는 모습을 종종 본다. 그녀는 참으로 꾸준한 회
원이다. 혜령 님은 "삶을 쓰고, 그리고 사람을 만나고 응원
하며 산다는 건 특별하고 아주 새삼스러운 일임을 깨달아
간다"라는 소감을 남겼다. 예쁜 반달눈과 넉넉한 가슴으로
회원들을 품는 리더다. 은경 님은 "도스토옙스키의 문장과
함께 보낸 8주 동안 우린 위대한 작가의 내면세계에 닿기
위해 뜨겁게 달렸다"며 벅찬 표정을 지었다. 고전문학 애
호가다. 주연 님은 "지금까지 한 번도 받아보지 못한 위안

과 휴식을 얻었다"며 흐뭇해했다. 늘 책을 가까이하는 사람의 소감이었다. "칭찬 샤워를 받으면 으쓱해지고 자신감이 생긴다"라는 정희 님의 말에 웃음이 절로 났다. 자연스럽게 나온 감탄이었는데 칭찬 샤워로 들렸다니 어쨌든 잘된 일이다. 글 쓰는 누구나 칭찬이 필요하니까. 당분간 쉬겠지만, 언젠가 다시 시작할 'ㅇㅇ 작가처럼 쓰기'. 열심히 읽고 쓴 회원들에게 참 고마웠다.

누군가 함께 이 책을
읽고 있다는 사실만으로도

책 모임 '정의로운 책 읽기'를 마치는 날이다. 다시 이 모임
을 할 수 있을까. 책 선정에 두 달쯤 걸렸으니, 다시 이만한
책을 찾기 쉽지 않겠다는 생각을 한다. 도서관과 서점을
다니며 한국 근현대사 책을 살폈다. 다양한 사람들이 함께
읽고 토론할 책이 잘 보이지 않았다. 학자들의 연구나 철
지난 기록, 저자의 개인적 역사관이 많아 난관이었다. 마지
막 희망을 품고 남산도서관으로 갔다. 평일 오후, 이용자가
많지 않았던 날. 역사책 코너를 세 바퀴째 돌며 한 권의 책
을 발견했다. 황석영, 이재의, 전용호가 공저한 『죽음을 넘
어 시대의 어둠을 넘어』(창비, 2017)였다. "32년 전 지하 베

스트셀러""32년 만의 개정판"(1985년 초판) "5·18에 대한 기념비적 저술"이란 설명을 차분히 읽어나갔다. 두 시간, 3분의 1쯤 읽고 결심했다. 이번 모임 책이다. 오늘에 이른 한국 역사의 지반을 직면할 수 있는 책이라는 점에서 『세월호, 그날의 기록』, 『사법부』에 이어 마지막으로 할 책으로 좋아 보였다. 역사는 돌고 돈다. 바퀴가 도는 방향을 알지 못하면, 무관심해진다. 『죽음을 넘어 시대의 어둠을 넘어』를 함께 읽자고 모인 마흔 명은 5·18을 기억하고 기록하고 애도하며 깨어 직시해야 한다고 외쳤다. 함께 읽고 토론한 사람들이 남긴 말들을 정리해본다.

─── "『사법부』에 이어 암담하고 쓰라린 역사의 현실을 마주해야 하는 부담도 있지만 정의와 평화를 향해 열망을 불태운 한 분 한 분의 넋을 기리는 마음으로 사건을 대하고 기억하리라"(이애○).

"5·18 민주화 운동을 다룬 책을 펼치는 오늘이 세월호 4주기여서 더 아프고 미안한 마음이다. 바로 알고 바로 전하고 바로 살고 싶다"(김연○).

"이 책이 처음 출간된 당시 수많은 사람이 숨죽여 읽고 밤새워 울며 읽었다는데 난 그래도 이렇게 떳떳하게 읽을 수 있으니 미안하면서도 감사한 일이다"(서윤○).

"역사가 개인의 일상에서 먼발치에 있는 것이 아니라 우리 생활 속에 긴밀히 연결되어 있음을 자각하고 좀 더 적극적으로 알아가기에 동참하려 합니다. 이젠 사회적 어른으로 책임감을 나누어야 할 때가 되었으니까요"(이주○).

온라인 책 모임에 꾸준히 나오던 중백 님이 마지막으로 긴 글을 보냈다. 현장에서 그를 만난 적은 없지만, 여러 분야의 책 모임에서 활동이 돋보였던 회원이다. 특히 방대한 분량의 책을 함께 읽을 때 매우 규칙적인 기록을 올렸다. 이번에도 매일 일정량의 생각을 기록하며 모임 끝까지 완주했다. 그가 남긴 글이 마음에 남았다.

—— 예로부터 성공하고 싶은 욕망을 떵떵거리며 살아보고 싶다고 표현했다. 권력과 재산으로 남들에게 드러내어 뽐냄을 떵떵거림이라 하니, 이 '떵떵거리며 살고 싶다'라는 한마디에 우리가 모두 남들 위에 부리며 살고 싶고, 남들에게 부림을 당하며 살고 싶지 않다는 욕구가 뒤엉켜

있음이 보인다. 크건 작건, 그것이 힘이건 재물이건, 뭐라도 남보다 많이 가지면 누구나 떵떵거린다.

인간이 생겨나면서 이런 욕망은 역사를 써 내려왔다. 모든 역사는 권력을 탐하는 사람들이 다른 사람을 지배하고 소유하려는 이야기다. 우리가 학교에서 배우는 돌에 새기거나 나무를 파내거나 책으로 써낸 역사는 모두 지배한 사람들이 써낸 것이니 우리는 수업 시간에 지배하고 떵떵거리며 사는 것이 삶의 정답인 양 공부하고 있는 셈이다. 그래서 지배하는 자들을 사악하다고 하면서 우리 자신도 사악해지려고 하는 것이 인간의 본능일지도 모른다.

그러나 인간은 이러한 타고난 기질로 살면 안 되겠다는 생각을 할 수 있게 되었고 지배하려는 자들에 저항하고 또 우리 자신도 남들을 지배하려는 욕망을 억누르려 한다. 민주화나 미투운동이나 갑질에 대한 저항이 모두, 이런 지배와 피지배의 구조를 깨뜨리려는 노력일 것이다. 결코, 성공하지 못한 자들이 성공한 자들을 질투하는 것도 아니고, 억울하면 성공하라는 말로 치울 수 있는 문제가 아니다. 과거에 억눌렸던 사람들을 모두 기억해내고 더는 그런 사람들을 만들어내지 않으려는 노력이 진정한 역사라고 한 철학자의 말처럼 우리는 지금 여기서 죽어갔던 사람들의 이야기를 되돌아보는 것이다. 또다시 이런 일이 벌어지지 않기를 바라면서(김중백).

많은 사람이 역사적 사실에 직면하고 진실을 알아야 한다는 생각을 한다. 좋은 책은 그런 생각을 실천하게 해주는 좋은 수단이다. 하지만 어둡고 무겁고 때로 분노가 치밀기도 하고 가슴 아프게도 하는 진실을 홀로 직면한다는 것은 생각보다 어려운 일이다. 그때 '함께 읽고 토론하기'가 큰 도움이 된다. 누군가 나와 같이 이 책을 읽으며 마음 아파하고 분노하고 힘들어한다는 사실을 떠올리는 것만으로도 끝까지 읽어나갈 힘을 얻는다. 마흔 명이 참여하는 독서 토론은 제법 큰 규모의 모임이었다. 온라인 토론이었기에 가능한 규모였다. 이렇게 뜻깊은 책을 함께 읽고 나눌 수 있고, 기록할 수 있었다. 함께 읽기는 옳다.

성실하지 못하면
이루어지는 것이 없다

구매한 지 9년 만에 읽기 시작한 박지원 『연암집』(돌베개, 2007). 읽고 말겠다며 판을 벌였지만 자신이 없었다. 많은 일정에 쫓겨 후순위로 밀렸다. 상중하권으로 나뉜 이 책은 무려 1,600쪽이다. 상권이라도 읽자는 마음으로 시작된 함께 독서! 이 고통스러운(!) 모임에 아홉 명이 모였으니 기적 같다. 박지원의 서간문, 비문, 서문, 발문, 한문 소설 등이 모두 담겨 있으며 남북한을 통틀어 최초로 출간된 완역본이다. 2005년 출간된 『국역 연암집』을 수정 보완하여 완성도를 높이기도 했다.

　오래전 구매한 『연암집』은 소장용이었나 보다. 그 오랜 시간 읽지 못하면서도 가장 눈에 띄는 자리에 꽂아둔 책이니, 양심의 가책이 밀려왔다. 분량이 많아 이번에도 온라인 책 모임으로 했다. 직접 만나지 못하는 아쉬움이 있지만 글쓰기를 할 수 있고 섬세하게 기록할 수 있다.

책 모임 회원 은양 님은 『연암집』 상권 읽기에 동참하며 벅찬 소감을 남겼다.

"우리말과 한자어가 이렇게 아름다울 수가 있다니. 생생 불식을 실천한 나를 연암 선생님이 칭찬해주시는 듯하다. 눈물 나게 아름다운 글이다. 이 책을 읽고 죽으면 여한이 없을 만큼 아름다운 글이다. 문장가 박지원을 이제야 만난다."

나의 밑줄은 이곳에 머물렀다. 마치 오랜 시간 『연암집』을 방치한 나를 채찍질하는 연암의 목소리 같아 긴장이 밀려왔다. 그러면서도 계속 읽고 싶다는 욕구가 커졌다.

―― 무릇 덕에 흉하기로는 성실하지 못한 것보다 더한 것이 없으니, 성실하지 못하면 이루어지는 것이 없다. 그러므로 결실이 없는 가을을 흉년이라고 하는 것이다. 오직 덕이 있어야 그 대가 멀리 나아갈 수 있다(16쪽).

성실하지 못하면 이루어지는 것이 없다니, 눈물이 나도록 따끔한 말이다. 연암의 팬인 김정희 님은 직접 연암의 경로를 따라 걷는 중국 여행까지 다녀왔다. 역사 수업을 하는 그녀는 강렬한 기록을 대화방에 올리며 『연암집』 함께 읽기에 합류했다.

연암에게 혼나는 듯한 기분을 느끼며 천천히 읽어나가는 나와 달리 김정희 님의 독서 일차별로 정리된 꼼꼼하고 예리한 기록을 보니 그녀가 얼마나 연암과 『연암집』을 깊이 이해하고 있는지 느낄 수 있었다. 이렇게 부족한 내가 이 모임을 잘 마무리할 수 있을지 여전히 자신 없지만 시작이라도 하고 싶었다. 아직 내게 한국 고전은 익숙지 않은 영역이다. 학창 시절 역사 과목 선생님들에게 앙심을 품었는데 그것이 트라우마로 남았을까. 고전 평론가 고미숙의 책으로 조금씩 관심을 갖게 되었지만 아직 즐겨 보는 분야는 아니니, 결정적 계기를 기다리는 중이다. 이번 모임은 운영자 아닌 불량 회원으로 함께했다. 회원들이 날 용서해준다면 무언가 이룰 수 있을지 모르겠지만, 참석만큼은 성실하게 해보려 한다.

같은 책, 다른 질문
논제제작소

오랜만에 영화로 만들어진 원작 소설 토론이다. 영화 〈레이디 맥베스〉(2017) 원작 『러시아의 맥베스 부인』(니콜라이 레스코프, 소담출판사, 2017)이 오늘의 주인공 책. 러시아에선 톨스토이 이상으로 알려진 작가지만 국내 독자에겐 낯설다. 파격적인 연출로 화제를 모은 영화 〈레이디 맥베스〉도 인기를 모으진 못해 잘 알려지지 않았다. 톨스토이가 말했다.

"사람들이 도스토옙스키를 그렇게 많이 읽는 게 이상하다. 그에 반해 왜 레스코프는 읽지 않는지 도무지 이해할 수 없는 일이다."

도스토옙스키를 그렇게 많이 읽는 게 이상하단 말에는

동의할 수 없지만, 왜 레스코프를 읽지 않는지 나 역시 이해할 수 없기에 이런 작품을 만날 때면 '콕' 짚어 소개하고 토론하고 싶어진다.

이야기의 주인공은 사랑을 위해 세 차례에 걸쳐 끔찍한 살인을 저지른 여인 카테리나다. 소설은 그녀의 비극적인 삶을 촘촘하게 따라간다. 작가가 직접 목격한 사건에서 구상된 이야기라는 점도 눈여겨볼 만하다. 레스코프가 형사재판소의 말단 기록원으로 근무하던 시절, 실제로 접한 살인 사건이 모티프가 되어 탄생한 이 작품은 여러 오페라, 연극, 무용, 영화로 리메이크되었다. 자신의 본능에 충실한 카테리나는 '강인한 러시아의 전통적인 여성상'을 보여준다고 평가받았다.

사람들이 모였다. 오늘의 모임 이름은 '논제제작소'. 각자 만든 질문을 꺼내놓는 모임이다. 같은 책을 읽고 만든 질문이지만, 모두 달랐다. 난 다른 사람이 만들어 온 질문에 대해 이야기하는 모임을 좋아한다. 주로 내 진행, 내 논제로 발언을 들어야 하니 말할 기회가 필요하다. 오늘이 바로 그 시간이다. 엄청 기다렸다. 한 참가자는 이런 질문을 꺼냈다.

"카테리나 리보브나는 결국 감옥에 가게 됩니다. 살인 혐의죠. 살인에 가담한 그녀의 정부 세르세이도 감옥행입니다. 둘이 감옥을 나오는 장면. 여러분은 이 부분을 어떻게 보셨나요?"

비록 유형지로 떠난 길일지라도 함께하기에 기뻐하는 두 사람을 보며, 인간은 어떤 혐오스러운 상황에서도 적응하는 존재이며, 아무리 형편없는 상황일지라도 초라한 기쁨이라도 추구하는 존재라고 말한 본문의 구절이 위 참가자가 말한 장면이다.

독서 토론을 할 때, 의견을 내기 난감한 순간 중 하나는 책 속 자살과 살인, 폭력에 대해 이야기하는 때가 아닐까. 인간의 속성을 무자비하게 파헤친 무서운 소설이라며 몇몇 회원은 "영화도 꼭 보고 싶다"고 했다. 모임 일주일 전부터 영화를 보고 오면 좋다고 누누이 말했지만, 각자의 일과 일상을 이끌어가다 보면 여의치 않다는 점을 잘 알기에, 최대한 이해한다는 표정을 지으려 노력했다. 만약 누군가 내게 원작과 영화 중 어느 쪽이 좋으냐는 질문을 던진다면, 영화가 더 좋았다고 말하고 싶었다. 언젠간 영화만으로도 토론을 해볼 수 있지 않을까.

절망의 시대,
시를 노래하다

서경식 교수와의 만남. 도쿄 경제대학 교수인 그를 초대
하겠다는 포부로 섭외를 시작했다. 마침 인천에서 열리는
'디아스포라 영화제'에 가기로 했다며 시간이 맞으면 들르
겠다는 긍정적인 회신을 받았다. 그날 밤잠을 설쳤다. SNS
친구인 숙명여대 교수 권성우 평론가 또한 서경식 책을 소
개하곤 했는데, 추천의 온도가 매우 높았다. 내가 좋아하는
작가가 추천받는 풍경은 언제나 벅차고 황홀한 것이며, 함
께 한 작가를 지지하는 사이는 좀 더 빨리 깊은 우정을 나
눌 수 있음을 여러 번 경험했으니 권 교수 또한 소중한 책
친구가 되었다. 『시의 힘』(현암사, 2015) 부제는 '절망의 시

대, 시는 어떻게 인간을 구원하는가'. 저자가 쓴 '구원'이란
지점에 집중해보기로 했다. 희미한 좌표조차 없던 시절, 그
야말로 '절망의 시대'는 1970~1980년대를 은유한다. 두
형이 옥중에 있던 1980년대, 어머니 아버지를 잇달아 잃
고 서경식은 절망에 빠졌다.

부모님 살아생전에 형들 중 하나라도 석방되지 못했고,
그에 저자는 허탈감에 빠진다. 서른이 넘어서도 특별히 이
룬 것이 없어 현실의 막막함을 느끼고, 그런 패배감에 젖은
상태가 평생 갈지도 모른다 생각한 나머지, 그는 그저 한
번만이라도 좋다는 마음으로 유럽 여행을 떠났다고 한다.

서경식이 말하는 절망의 중심엔 루쉰도 있었다. 그는 나
카노 시게하루가 빌려 온 루쉰의 말을 인용하여 자신의 심
정을 전한다.

　　―― 나도 좋은 사람이 되어야지, 어떤 일이 있어도 올바
　　른 인간이 되어야지, 하는 것 이상으로 (중략) 일신의 이해,
　　이기라는 것을 떨쳐버리고, 압박이나 곤란, 음모가들의 간
　　계를 만나더라도 그것을 견뎌내며 어디까지나 나아가자,
　　고립되고 포위당하더라도 싸우자, 하는 마음이 절로 생긴

다. 그곳으로 간다(110쪽).

서경식은 이를 '시의 힘'이라 정의한다. 말하자면 승산 유무를 넘어선 곳에서 사람이 사람에게 무언가를 전하고, 사람을 움직이는 힘, 그것이 시의 힘이라고 말한다. 소수자는 언제나 패하고, 기술이 없는 사람은 기술이 있는 인간에게 패하하는 것이 세상의 이치다. 하지만 그것과 별개의 원리로 인간은 이럴 수 있다거나, 이렇게 되고 싶다고 할 수 있는 존재이며, 그것이 바로 시의 작용이라는 것이다.

책 모임 '서평독토'를 찾은 서경식 선생님의 목소리는 우리의 가슴 곳곳에 울려 퍼졌다. 특히 한 학부모의 질문과 그에 공들여 답하시는 선생님의 말씀이 인상 깊어 옮겨 본다.

학부모: 저는 중학생 아들이 있습니다. 디아스포라와 관련해서 세계적으로 소수자, 난민에 대한 혐오 문제가 커지고 있는데 특히 이런 혐오감은 젊은 세대에게 많이 나타나고 있습니다. 기성세대인 저희가 어떻게 해야 될지 고민입니다.

서경식: 국내의 사정에 대해서는 제가 솔직히 잘 모릅니

다. 일본과 비교해서 좋은 세상처럼 보이니까요. 이런 점 때문에 항상 친한 사람들한테 비판을 받습니다. "당신은 한국 사회를 잘 모른다"고 해요.

사실 일본은 아주 안 좋은 상황입니다. 사회에 관심이 없는 사람들 중에 극우적인 스피치를 하는 경우가 있으면 그냥 사라져버려요. 교육하는 사람 입장으로서 많이 고민하는 문제입니다. 일단 일본 지식인들이 열심히 맞서 저항해야 한다는 게 저의 생각인데, 그 문제에 대해서는 『다시, 일본을 생각한다』(나무연필, 2017)에 썼습니다.

한국에도 혐오 문제가 있는데요, 모두 타자니까 혐오감을 느끼는 거죠. 타자와 자기를 이어주는 '상상력'이라는 게 오히려 일본 젊은 사람보다 작동하기 쉽다고 봅니다. 여러분의 조금 윗세대는 혐오의 대상으로 국가까지 빼앗긴 가까운 기억이 있습니다. 오늘 '디아스포라 영화제'에서 영화 〈박열〉(2017)도 이야기했는데, 박열 역시 남의 이야기가 아닙니다. 우리에게는 "지금 계속되고 있는 일이다"라고 강연에서 말했습니다. 제주 4·3과 5·18이 있으니까요. 저는 학교에서 일률적으로 교육시키는 것이 아니라 자유로운 상상력을 발휘시키는지가 문제라고 봅니다. 근데 그게 어렵습니다. 저도 교육자로 고민이 많습니다. 제가 국내 사정에 대해 좀 더 공부해야겠죠. 일본을 대표하는 지성 가토 슈이치 선생님이 우리 대학교에 오셔서 비슷한 주제로 이야기했을 때 "문학을 읽혀라"라는 말씀을 했습니다. 문학이란 다른 세상, 다른 민족, 다른 국가의 심정을 내부에서 그려주는 것이지요. 프랑스 혁명 시대 소설을 보면 그 시대 그 사람의 내면을 상상하게 해주는데, 그게 바로 문학이죠. 소설을 읽는 게 하나의 수단이고 글쟁이로서는 그런 힘이 있는 작품을 쓸 수 있는지 없는지에 많은 게 달려 있다고 봅니다.

한 시간이나 일찍 도착하신 선생님은 아내와 함께 김밥을 드셨다. 김밥을 좋아한다며, 충분하다며 맛있게 드시던 모습이 잊히지 않는다. 많은 인터뷰, 강연에 갔지만 오늘처럼 책을 다 읽은 독자들의 이야기, 직접 쓴 서평을 받기는 처음이라며 행복하다던 선생님. 배웅 내내 "감사합니다"를 되뇌던 부부의 둥그런 뒷모습이 밟혔다. 고통받던 시대, 아무것도 한 것이 없었다며 한숨 쉬던 선생님께 난 "쓰신 책으로 저희를 깨어 있게 해주셨잖아요"라고 말씀드렸다. 수

즙게 웃던 선생님의 옆모습에서 불운한 시대의 상처와 그늘을 읽었다. 이렇게 놀라운 책 모임도 가끔은 하고 싶다. 오늘만은 나 스스로를 '성덕'이라고 불러도 되지 않을까.

고뇌와 고통의
시련 없이는

갈증으로 불타던 눈빛을 잊을 수 없다. 자아실현에 갈증을
느낀 사람이라는 느낌을 받았다. 사회과학을 즐겨 읽는다
는 그에게 난 『모멸감』(김찬호, 문학과지성사, 2014)을 읽어
봤냐고 했다. 그는 깜짝 놀랐다. 관심 분야인데 제목도 저
자도 처음 듣는다고 당장 보고 싶다고 했다. 바로 다음 주
에 그는 『모멸감』을 잘 읽었다며 다른 책도 추천해줄 수 있
냐고 했다. 자신이 책을 허투루 읽었다는 생각이 들었다는
뉘앙스였다.

영선 님은 은퇴를 앞둔 연구원이었다. 앞만 보고 달려온
인생이었지만, 이제는 자신을 돌보며 살려 한다고 말했다.

책 읽을 여유가 많으니 추천을 많이 해달라는 그에게 여러 권의 목록을 줬다. 영선 님을 만난 4년 전의 일이다. 그는 꾸준히 읽고 썼고 그사이 책을 출간하기도 했다.

그의 투병이 시작됐다는 전화를 받았을 때 난 순간 멍해졌다. 거대한 흙더미에 묻힌 사람처럼 감각을 잃어버린 느낌으로 창밖을 바라봤다. 그의 복귀를 기다리는 동안 나와 동료들은 빈자리를 애써 보려 하지 않았다.

"다시 공부할 수 있을 것 같아요."

돌아온 영선 님의 표정은 복잡했다. 무리하지 않고 서서히 자기 속도를 찾아가겠다고 말했다. 그는 내가 추천하는 평전과 자서전에 몰입했다. 그 책들이 영선 님의 서평으로 다시 태어나고 있었다. 영선 님이 복귀해 처음으로 쓴 서평은 『간디 자서전』(한길사, 2002)이었다.

—— 『간디 자서전』은 독자로 하여금 인간의 위대성이 어디에서 연유하는가를 사유하도록 도와준다. 인간의 위대성이란 단순히 그의 탁월한 재능 또는 도덕심을 말하지 않는다. 그 어떤 인간도 고뇌와 고통의 시련 없이 위대성에 도달할 수 없다. 끝없이 자기 자신을 성찰하며 올바른

삶을 위하여 흔들림 없이 나아갈 때 위대성에 도달할 수 있음을 책은 말한다. 간디에게 그것은 곧 '아힘사'를 향한 '사티아그라하'였다. 신자유주의에 밀려 공동체적 윤리를 상실한 현대인들이 읽어야 할 필독서다.

나는 그가 투병기를 마치고 돌아와 처음으로 읽고 쓴 서평 도서가 누군가의 자서전이라는 점에 놀랐다. 그가 모임에 나오지 않았던 기간 동안 어떤 일상을 보냈는지 나로서는 전혀 짐작할 수 없었으나 평생 자유와 평화를 위해 투쟁했던 간디의 삶을 돌아보는 책을 선택했다는 자체에 큰 의미가 있지 않을까, 혼자 많은 짐작을 해보았다. 특히 "그 어떤 인간도 고뇌와 고통의 시련 없이 위대성에 도달할 수 없다"는 문장이 내 마음을 건드렸다. 그리고 『간디 자서전』에 실린 함석헌 선생의 서문이 떠올랐다. "간디는 현대 역사에서 하나의 조명탄입니다." 이날 서평 모임도 내게 하나의 조명탄이 되어 내가 이제껏 느꼈던 고뇌와 고통, 거쳐왔던 시련의 의미를 되새겨보게 되었다. 동시에 대중에게 알려져 있지 않아도 내 주변에서 조용하게 자기만의 삶을 꾸려가는 평범하지만 위대한 이들을 다시 보게 되었다.

더 많은
책 자국

때로 내가 좋아하는 책과 회원들에게 칭찬받을 책 사이에서 갈등한다. 나는 좋은데 회원들이 버겁다고 할 만한 책을 미뤄둘 때는 욕구 불만이 생긴다. 회원들도 좋아하고, 나도 '대단히' 만족하는 작품을 찾기란 쉽지 않다. 주로 내가 집중적으로 읽고 싶은 책은 분량이 두껍기 때문이다. 다 읽지 못하리라는 두려움과 부담감으로 신청조차 하지 않는다.

패트릭 맥길리건의 『히치콕』(그책, 2016)을 함께 읽자고 제안한 뒤 부담감에 시달렸다. 1,228쪽. 회원들에게 먹살 잡힐 각오로 제안했다. 이 모임은 비평 모임이니까 가능하지 않을까 하는 마음으로. 영화사학자이며, 전기 작가인 패트릭 맥길리건이 쓴 평전이다. 엄청난 분량의 조사를 통해 천재 감독 히치콕의 삶과 작품을 조명하는데, 특히 개별 작품에 대한 서술이 무척 재미있다.

회원들의 반응은 예상대로 뜨겁지 않았다. "그저 그랬다" "재미없었다"는 회원까지 있었다. 다행히 "영화와 함께 보니 감독의 세계를 알 수 있어 좋았다" "이제야 히치콕의 영화를 봤다"는 회원도 있어 어깨를 조금 펼 수 있었다.

사실 이 책을 선택한 계기는 질투였다. 한 강연회에서 이 책을 선물받는 누군가를 보고 너무 부러워 샀는데 분량이 많아 혼자 읽지 못했다. 모임을 하면 꼭 완독할 수 있을 것 같았다. 몇 주간 읽었는데 그때마다 내가 열광했던 히치콕 영화가 생각나 재미있었다.

내가 오래도록 책 모임 운영자로 살고 싶은 이유는 사람들에게 권하는 것이 '책'이라는 사실 때문이다. 때론 오늘처럼 회원들에게 좀 맞지 않는 책, 지루한 책이어도 어쨌든 그것은 '책'이므로 권한 나도, 읽은 당신도 후회할 일 없는 영혼의 산책을 한 셈이다.

난 정말 이 일이 좋다.

마치, 누군가의 삶에 들어가 책이라는 발자국을 남기고
나온 것 같은 기분이 들 때가 있다.

더 많은 책 자국을 찍으며 살아야지.

epilogue

책 모임을 마치고 책을 물끄러미 바라볼 때가 있다. 사람들
이 떠난 자리에 덩그러니 놓여 있는 책을 보면 신기한 느낌
이 든다. 책에는 사람을 끌어당기는 자기장이 있는 것 같다.

낯을 가리고, 수줍음 많고, 말주변 없는 사람도 책 이야
기를 하고 싶다며 모임에 나온다. 책 모임을 안 해본 사람
은 많지만 한 번만 한 사람은 없다는 말을 좋아한다. 소소
하게 책 모임을 시작하는 사람들이 늘었으면 좋겠다.

책 모임마다 어떤 무늬가 새겨졌는지 기억하고 싶어서
글을 썼다. 5개월간의 모임을 기록하니 책 한 권이 됐다.
거의 매일 책 모임을 하던 때였다. 좋아하는 책을 다시 읽
고, 새로운 책을 만나며 참 열심히 살았다. 지나고 보니 독

서 밀도가 가장 높았던 시기다.

지금은 주 3회 책 모임을 한다. 코로나19로 세상을 떠난 작가 루이스를 세풀베다를 추모하는 모임 '루이스 세풀베다 전작 읽기', 벌써 세 번째 반복하고 있는 '조지 오웰 전작 읽기'를 온라인으로 한다. 여성 북클럽 '폭풍의 언덕'에서 고전과 인문학을 함께 읽는다. 눈에 띄는 책, 영화도 함께 토론한다. 최근엔 강화길 소설집 『화이트 호스』(문학동네, 2020), 독립영화 〈작은 빛〉(2018)도 토론했다. 한 모임도 잊고 싶지 않아 블로그에 기록하며 살고 있다. 책 모임은 내가 사는 방식 그 자체다.

술을 못 마시는 나는 책과 글, 운동밖에 모르는 단조로운 생활을 한다. 이외의 세계에 난 무능하며, 무관심한 편이다. 술을 마시며 속내를 털어놓거나 사람을 사귀어본 경험이 없는 난 긴 시간 누군가와 이야기를 나눠보지 못했다. 자주 통화하는 친구도 없다. 마치 혼잣말을 하듯 블로그에 글을 쓰고, 책을 빌려 내 이야기를 하는 정도로 살고 있다. 내게 잘 맞는 방식이다. 할머니가 되어서도 책 모임을 할 수 있다면, 지금 책 친구들과 그때까지 이야기를 나눌 수 있다면, 새로운 책 친구를 만날 수 있다면 참 좋겠다.

나는 오늘도
책 모임에 간다

© 김민영

2020년 9월 15일 1판 1쇄 발행
2024년 5월 31일 1판 4쇄 발행

지은이	김민영
펴낸이	한기호
책임편집	도은숙
편집	정안나, 유태선
디자인	늦봄
마케팅	윤수연
경영지원	국순근
펴낸곳	북바이북

출판등록 2009년 5월 12일 제313-2009-100호
주소 04029 서울시 마포구 동교로12안길 14, 2층(서교동, 삼성빌딩 A)
전화 02-336-5675 팩스 02-337-5347
이메일 kpm@kpm21.co.kr
홈페이지 www.kpm21.co.kr

ISBN 979-11-90812-05-4 03810

• 북바이북은 한국출판마케팅연구소의 임프린트입니다.
• 책값은 뒤표지에 있습니다.
• 이 도서의 국립중앙도서관 출판예정도서목록(CIP)은 서지정보유통지원시스템 홈페이지 (http://seoji.nl.go.kr)와 국가자료공동목록시스템(http://www.nl.go.kr/kolisnet) 에서 이용하실 수 있습니다. (CIP제어번호 : CIP2020035248)